나의 친구, 스미스

WAGATOMO, SMITH
by Kaho Ishida

First published in Japan in 2022 by SHUEISHA Inc., Tokyo.

This Korean edition published by arrangement with Shueisha Inc., Tokyo
in care of Tuttle-Mori Agency, Inc., Tokyo, through JM Contents Agency Co., Seoul

나의 친구,

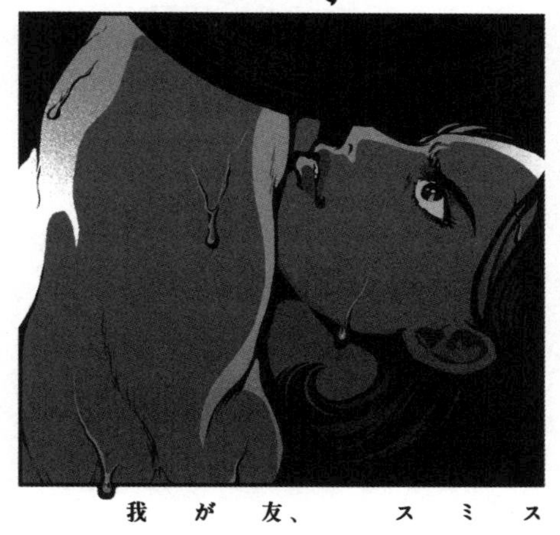

이시다 가호 장편소설 | 이영미 옮김

我が友、 スミス

스미스

문학동네

화요일은 하체의 날이다. 나란히 늘어선 파워랙 다섯 대 중 오른쪽 끝에 자리잡은 후, 먼저 바벨이 걸린 후크 높이를 조정했다. 오른쪽 후크를 20센티미터쯤 쭉 낮춘다. 왼쪽 후크도 같은 높이로 맞춘다. 내 키는 155센티미터다.

바벨이 어깨 높이까지 오면 무릎을 살짝 굽히며 눈높이에서 바벨을 잡는다. 손에 선뜩한 냉기를 전해주는 바벨에 기대어 다리를 한쪽씩 앞뒤로 휙휙 흔든다. 어깨너머로 배운, 일 분이 채 안 되는 워밍업이다. 팽팽하게 당겨지는 감각이 다리 사이를 훑고 지나간다.

몸을 웅크려 바벨 아래쪽에 어깨를 붙인다. 플레이트(원판)를 끼우지 않은 바벨은 20킬로그램이다. 가볍게 일어선다. 똑바로 몸을 편 후, 바벨 밑으로 들어가 있는 엄지를 다른 손가락과 같은 위치로 고쳐 잡는다. 안 그러면 왜인지는 몰라도 최저점에서 버틸 때 손목이 아프다. 이렇게 전문적인 조언을 해준 것은 이 헬스장의 직원이다. 실제로 해보니 정말로 손목 통증이 덜했다.

다리 간격을 조절하고 정면 거울을 보면, 왠지 근엄한 표정을 지은 내가 어정쩡하게 바벨을 어깨에 메고 있다.

숨을 내쉰 후, 스쾃을 가볍게 10회 수행했다. 끝나자 바벨을 후크에 걸고 양쪽에 5킬로그램 플레이트를 끼운 후 스프링 칼라로 고정시켰다. 30킬로그램으로 다시 10회. 그렇게 플레이트를 추가하면서 계속하다가 50킬로그램에 이르렀을 때 물통의 물을 한 번 마셨다. 이제부터가 본격적인 운동이다.

바벨 스쾃은 힘들지만 절대 빠뜨릴 수 없는 종목이다. 동원되는 근육이 많은만큼 성취감도 한층 높기 때문이다. 생각해보면 웨이트 트레이닝은 이상한 행위다. 누가 시키는 것도 아닌데, 원판을 들었다가 잡아당겼다가 휘둘렀다가 하는 특정한 비일상적 동작을 반복한다. 그 광경만 떼어놓고 보면 꼭 전위예술 공연 같은 초현실적 분위기가 감돈다.

50킬로그램은 내 체중과 비등하다. 속으로 구령을 붙이며 어깨에 지고 나면, 똑바로 일어서는 것만으로 상당한 부하가 걸린다. 바벨 바로 밑에 있는 뼈와 뼈의 간격이 좁혀지고 키가 줄어드는 착각이 든다. 그러나 이때 '무겁다'거나 '그만하자'거나 '못하겠다' 같은 잡생각은 하지 않는다. 나는 무자비한 지휘관처럼 스쾃을 시작한다. 허리를 깊숙이 내리는 슬로모션 스쾃이다. 벌겋게 달아오른 내 이마에서는 실내에서 흘린 땀이 번들번들 빛난다.

직장과 집의 중간 지점에 있는 G헬스장에 가입한 지 일 년 하고도 삼 개월이 지났다.

G헬스장의 유일하고도 가장 큰 단점은 스미스가 한 대뿐이라는 것이다. 스미스, 즉 스미스 머신은 바벨 양쪽에 레일이 달린 트레이닝 머신이다. 레일이 달려 있으면 바벨 궤도가 자동으로 안정되기 때문에 밸런스에 신경쓸 필요가 없다. 다시 말해 프리(덤벨 혹은 바벨만 사용하는 웨이트 트레이닝)로 수행하기에는 위험하고 도전적인 고중량도 스미스에서는 비교적 안전하게 다룰 수 있다.

이십 분 후 바벨 스쾃을 끝낸 나는 헬스장 한구석에 위치한 스미스의 상황을 곁눈질로 살폈다. 시선 끝에서는 크루컷 머리를 한 세 사람이 여전히 벤치프레스에 여념이 없었다. 나는 스미스에서 다음 종목을 하고 싶었다. 그런데 세 사람은 앞으로 한 백 년은 스미스를 내주지 않을 분위기였다. 제각기 플레이트 개수를 늘렸다 줄였다 하면서 스미스 안을 떠날 줄 몰랐다. 이른바 '그룹 트레이닝'인데, 직장인인 나는 백 년씩 대기할 수도 없는 노릇이라 하는 수 없이 계획을 변경하기로 했다. 웨이트 정도는 혼자 알아서 하란 말이야. 고독한 늑대 파인 나는 속으로 으르렁거렸다.

파워랙을 벗어나 덜 붐비는 레이디스 덤벨 구역으로 향했다. 덜 붐비는 정도가 아니라, 그쪽에는 아예 아무도 없었다. 붙인 지 몇 년은 지났을 게 틀림없는 분홍색 검드테이프가 바닥에 네모나게 '레이디스 구역'을 표시하고 있다. 꺼림칙한 특권의식과 약간의 고독이 느껴지는, 입구 옆의 1.5평 공간이다.

다음 종목은 불가리안 스쾃이었다. 새삼스러운 얘기지만, 이 업계에서는 웨이트 트레이닝을 '종목'이라고 한다. G헬스장에 가입했을 무렵에는 이 표현을 쓰기가 이상하게 부끄러웠다. 계속 '웨이트 트레이닝'이라고만 하다가, 최근 들어서야 자연스럽게 '종목'이라는 말이 입에서 나오게 되었다.

불가리안 스쾃은 뒤쪽에 세팅된 받침대(트레이닝 벤치)에 한쪽 발을 올린 상태에서 하는 스쾃이다. 한쪽 다리를 받침대에서 세 발 반 정도 앞에 디디고, 다른 쪽 발등을 받침대에 올린다. 한쪽 다리로 모든 체중을 지탱하는 만큼 상당히 힘들고 다음날에 필연적으로 근육통이 뒤따르는 효과적인 웨이트, 아니, 종목이다.

불가리안 스쾃은 국제적인 지명도를 자랑하는 종목인데, 그 이름이 보여주듯이 발상지는 불가리아로 보인다. 아니면 불가리아 사람이 최초로 고안했거나. 같은 불가리안 스쾃이라 해도 세분되면 이름이 길어진다. 예를 들면 바벨로 수행하는 건 '바벨 불가리안 스쾃'. 덤벨로 수행하면 '덤벨 불가리안 스쾃'. 그리고 스미스 머신이면 '스미스 머신 불가리안 스쾃'. 이쯤 되면 배틀물 소년만화가 무색해지는 기술명, 이 아니라 종목명이다. 요컨대 내가 하고 싶었던 건 '스미스 머신 불가리안 스쾃'이라는 소리다.

한발 물러서는 심정으로 6킬로그램 덤벨을 양손에 들고 덤벨 불가리안 스쾃을 시작했다. 내가 덤벨보다 바벨을 선호하는 이유는 단순한데, 덤벨은 운동 도중에 떨어뜨릴 위기가 닥치기 때문이다. 본래의 목적인 하반신이 비명을 지르기 전에 악력이 먼저 맥을 못 춘다. 하긴 이것은 웨이트 트레이닝에서 흔히 일어나는 사태다. 부위A를 단련하려면 부위B에 최소한의 근력이 있어야 한다. 그러면 부위A를 위해 일단 부위B부터 단련하는, 이른바 웨이트를 위한 웨이트가 생겨난다. 턱걸이를 못하는 사람이 성공하기 위해 팔굽혀펴기부터 시작하는 것과 마찬가지다. 웨이트 트레이닝에서는 종종 그런 전략이 필요하다.

받침대에 올리지 않은 다리를 90도로 굽혔을 때 무릎이 발끝보다 앞으로 나가면 무릎 부상을 불러올 수 있다. 발바닥 위치와 자세에 주의하는 와중에도 내 머리는 무의식적으로 '불가리아'라는 땅에 대해 상상의 나래를 펼쳤다. 그래봤자 가본 적도 없고 앞으로 갈 계획도 없는 나라이니 요거트 같은 지극히 막연한 이미지밖에 떠오르지 않는다. 세계지도에선 과연 어디쯤에 있을까.

휴식을 섞어가며 이십 분 동안 덤벨 불가리안 스쾃과 씨름한 후, 다음으로 무슨 종목을 할지 십 초쯤 고민했다. 스미스는 여전히 빈자리가 없다. 왠지 모르게 국제적인 기분에 젖어서, 같은 하체 종목인 루마니안 스쾃을 하기로 했다. 이것도 받침대를 사용하는 종목이니 자리를 옮길 필요는 없다.

한쪽 발을 받침대에 올리는 건 불가리안 스쾃과 같지만, 루마니안 스쾃은 주로 엉덩이와 허벅지 뒤쪽 근육을 쓴다(참고로 허벅지 뒤쪽 근육에는 '햄스트링'이라는 멋진 이름이 있기 때문에 업계에서는 주로 '햄'이라고 한다). 루마니안 스쾃은 불가리안 스쾃만큼 다리를 앞뒤로 크게 벌리지 않고, 무릎을 살짝 굽힌 상태에서 다리 각도를 고정하고 엉덩이를 경첩처럼 움직인다. 가동범위에 연연하지 않고 엉덩이와 '햄'에 확실히 무게가 실리는지 신경쓰면서 수행하는 것이 포인트다.

덤벨을 6킬로그램에서 8킬로그램으로 바꿔 들었다. 등을 구부리면 허리를 다칠 수 있기 때문에 늘 그렇듯이 옆쪽 거울로 자세를 확인하며 수행했다. 비교적 상급 트레이니가 모인다는 G헬스장에는 벽 곳곳에 거울이 있다. 트레이니란 웨이트 트레이닝을 하는 사람을 가리킨다. 이것도 내가 최근에야 쓰게 된 말이다.

이름이 루마니안이니 역시 루마니아가 발상지겠지? 나는 코끝을 간질이는 땀방울을 견뎌내면서, 뻐근한 자극이 훑고 가는 엉덩이에 힘을 주었다. 루마니아도 어디 붙어 있는지는 잘 모르겠지만, 왠지 불가리아와 가까울 것 같다. 구시대의 공산권 느낌이랄까? 그러고 보니 G헬스장에는 '케틀벨'이라는 기구가 있다. 덤벨, 바벨, 케틀벨이 중량 삼형제다. 케틀벨은 주전자 비슷하게 생긴 쇳덩어리인데, 러시아에서 처음 만들어졌다고 한다. 하지만 '케틀'은 나도 알 정도이니 영어 아닌가? 여하튼 어떻게 된 영문인지 이 업계에 구 공산권 분위기가 짙게 깔려 있는 것은 아마

추어인 나에게도 매우 흥미로운 점이었다. 뜬금없이 뇌리에 '사이타만 스쾃'이라는 새 종목이 떠올라서, 덤벨을 조심스럽게 바닥에 내려놓으며 피식 웃었다. 그렇다, 고백하건대 나는 사이타마현 출신이다. 하지만 이건 어떤 근육에도 효과가 없을 것 같은 이름인걸.

그렇게 혼자서 약간 정신 나간 사람처럼 웃고 있는데, 어느새 레이디스 덤벨 구역에 다른 사람이 와 있었다. 돌아보니 S코가 전신거울을 향해 스마트폰 카메라로 열심히 사진을 찍고 있었다. 여느 때처럼 고가의 '피트니스웨어'를 착용하고 있다. 무슨 무슨 브랜드가 어디어디와 컬래버한 스포츠브라와 레깅스다. 오늘의 스포츠브라는 '기간 한정 판매' 상품인 '체리핑크'고, 레깅스는 '신상품'인 '스마트아이보리'다. 위아래를 합친 금액이 아마 내가 가진 모든 옷가지와 맞먹는 정도일 것이다. S코는 열심히 포즈를 바꿔가면서 스스로 인정할 만한 한 장을 추구했다.

이 사람, 말로는 은근히 무시하면서 S코에 대해 너무 자세히 알고 있는걸? 올바른 지적이다. 스토킹이나 다름없는 이런 정보를 나는 S코의 인스타그램에서 얻는다. G헬스장에 가입할 때 여기 계정을 팔로우하면 가입비 오천 엔을 50퍼센트 할인해준다고 해서 그 자리에서 계정을 파고 팔로우했다. 그후 G헬스장에서

올린 피드를 확인하다보니 마찬가지로 팔로우중인 S코에게 우연히 가닿은 것이다. 정말이지 무서운 세상이다. 그래서 S코 S코 허물없이 불러대고는 있지만 사실은 나 혼자 일방적으로 아는 사이다. 물론 S코도 아, 이 시간대에 자주 보이는 존재감 없는 사람이네 하는 정도로는 나를 인식할 테지만, 그뿐이다.

웨이트 트레이닝을 시작할 때 S코는 반드시 인스타그램에 셀카 사진을 올린다. 배를 홀쭉하게 집어넣은 S코의 촬영 풍경은 진지함 그 자체다. 숨을 꾹 참고, 아무렇지 않은 척 밝은 표정을 유지한다. 근육을 단련한 정도는 나와 비슷해서 아직 복근 가로선은 보이지 않지만 세로로는 희미하게 세 줄이 잡혀 있다. S코는 대형 성형외과 병원의 의사다. 직업적인 특징인지 옆에서 보기에도 미적 기준이 상당히 높고, 가끔 스쳐지날 때면 좋은 향기가 난다. 하찮은 직장인인 나로서는 부럽기 짝이 없다.

그러나 이 점만은 깨끗이 인정하는데, 나는 내심 S코를 내려다보고 있다. '바쁜 일상'이라면서 한 시간에 한 번은 인스타그램 스토리를 업로드하는 S코를 보며 좀 한심하다고 느낀다. 스크롤이 생길 정도로 무수한 해시태그가 달린 게시글을 보면, 8분의 1 정도로도 충분하겠는데 싶어 왠지 애잔해지기도 한다. 이른 아침의 워킹 풍경을, 건강을 위한 유기농 식생활을, 출근시의 '코디'

를, 새로 산 각종 상품을, 대회에 대비한 '컨디셔닝'을 하루도 빠짐없이 오천 명 안팎의 팔로워에게 과시하는 S코. 하긴 정말로 한심한 사람은 S코가 아니라 그런 S코에게 질질 끌려다니며 시선을 떼지 못하는 나 자신이다.

내가 계속 S코의 동향을 좇는 이유는 손쉽게 안도감 비슷한 감정을 얻을 수 있기 때문일 것이다. 저렇게 딴 세상에 있는 것 같은 인간도 어느 정도는 남들처럼 허세와 허영에 농락당하며 살아간다는 것. 텔레비전 화면 너머로 어설프게 아는 유명인이 아니라 직접 눈앞에서 볼 기회가 있는 사람이기에 더욱 생생하게 실감되었다.

그렇다고 그런 실감에 심오한 의미가 있는 건 아니다. 그 순간 나는 S코 맞은편의 랙에 덤벨을 올려놓고 싶었기 때문에 일 초가량 S코가 서 있는 위치가 걸리적거린다고 느꼈을 뿐이다. 완벽히 풀메이크업을 한 S코의 패기 앞에서, S코를 우회하는 나의 궤도는 힘없이 죽어가는 모기의 날갯짓과 같았다.

정신을 차리고 다시 헬스장 구석으로 시선을 돌렸다.

아니나 다를까, 그곳만 시간이 정지한 듯 스미스는 여전히 점거 상태였다.

아, 진짜. 내가 다섯 살 아이기라도 했다면 발을 동동 구르고

픈 심정이었다. 물론 누구나 스미스를 선호한다는 건 알지만, 오늘은 유난히 운이 없다. 가장 힘든 하체의 날이라 평소보다 한 시간 일찍 나와서 점심시간에도 쉬지 않고 일해 간신히 정시에 퇴근하고 왔건만. 덤벨로 스쾃 계열을 한차례 끝내긴 했지만, 역시 스미스에서 불태우지 않으면 다음날 근육통 상태가 만족스럽지 못하다.

스미스를 사용하지 못하는 상황 자체는 그리 드물지 않다. 스미스의 인기는 말할 것도 없건만 유감스럽게도 딱 한 대밖에 없어서다. 그 이유도 명쾌했다. 프레임만 있는 파워랙과 달리 레일이 설치된 스미스는 더 비싸다. 스미스를 파워랙처럼 대여섯 대씩 갖춰놓을 수 없다는 건 이 헬스장의 재정 면에서나 면적 면에서나 납득이 가는 얘기다.

이날 내가 유난히 분개한 것은 꼭 생리중이어서가 아니었다. 점거자가 셋이나 되었기 때문이다. 스미스의 장점 중 하나는 보조자가 필요 없다는 것이다. 스미스의 바벨은 레일을 따라 움직이며, 필요하면 스토퍼 기능도 사용할 수 있기에, 프리웨이트로 도전적인 고중량을 다룰 때 필수인 보조자가 불필요하다. 보조자는 중량을 더이상 버틸 수 없을 때 흔들리는 바벨을 받쳐주거나 떨어뜨리지 않도록 옆에서 무게를 덜어주는 역할이다. 바벨의 20킬로그램 철봉은 자칫 잘못하면 흉기로 돌변한다.

그래서 하고 싶은 말이 뭔가 하면, 내가 생각하는 스미스는 고독한 늑대 타입의 트레이니를 위해 존재하는 기구라는 것이다. 물론 스미스라고 바벨을 떨어뜨릴 위험이 전혀 없는 건 아니지만, 동료가 셋이나 있으면 머신에 의존하지 말고 프리로 벤치프레스를 하면 되지 않는가. 의분에 휩싸인 나는 거친 콧김을 내쉬었다. 이런 진리를 저 세 사람에게 설파해줘야 할까? 나는 색깔만 다른 탱크톱을 맞춰 입은 세 사람을 부모의 원수라도 대하듯 매섭게 노려보았다. 벽시계를 올려다보니 그들이 세월아 네월아 스미스를 깔짝대면서 독차지한 지 이래저래 오십 분 가까이 되어가고 있었다.

새삼 말할 필요도 없겠지만, 나에게 그런 행동에 나설 배짱은 없다. 대신 스미스 옆에 있는 파워랙에 자리잡고, 원래 계획에 없었던 바벨 와이드 스쾃을 하기로 했다. 오로지 허벅지만 쓰는 바벨 스쾃이다(참고로 '내로 스쾃'이란 것도 있다). 근처 자리에서 세 사람에게 무언의 압력을 가할 속셈이었다. 그러나, 예상하긴 했지만, 세 사람은 조금도 나를 신경쓰는 기색이 없었다.

셋 중 레드(빨간색 탱크톱)가 양쪽에 50킬로그램 플레이트를 끼운 바벨을 바들바들 버티며 들어올렸다. 입을 일자로 굳게 다

물고, 깊은 생각에 잠긴 듯 절박한 표정이다. 팔을 다 뻗자 위팔에 정맥이 터질 듯이 불거졌다. 규칙적인 거친 숨소리가 내 귀에까지 전해졌다.

"K노 씨, 세 번만 더!"

"좋아, 할 수 있어!"

마치 BGM 같은 그린과 옐로의 응원이 분투중인 레드의 날숨에 뒤지지 않을 열기를 내뿜었다. 옐로가 기운을 북돋우듯 짝짝 손뼉을 쳐주었다. 그 기세에 이끌렸는지 그린도 두툼한 손바닥으로 심벌을 치기 시작했다.

원숭이 같은 놈들.

나도 스미스 쓰고 싶다고!

내가 결국 항복하고 G헬스장을 나선 것은 그로부터 이십 분 후였다.

자기, 올해는 무슨 대회 나가?

계기가 찾아온 것은 다음주 토요일이었다.

토요일은 등 운동 날이다. 나는 데드리프트와 씨름하고 있었다. 흔히 '웨이트 트레이닝 빅3' 중 하나로 숭상되는 데드리프트는 바닥에 놓인 바벨을 가랑이까지 들어올리는 종목이다. 등을 구부리지 않는 것과 무릎을 살짝 굽힌 상태에서 수행하는 것이 포인트인데, 그래야 바벨 중량이 효과적으로 등 근육까지 전달된다.

나는 늘 그렇듯이 언제 샀는지 하늘만 아시는 목 늘어진 티셔츠를 입고 웨이트 트레이닝에 매진하고 있었다. 몸을 앞으로 숙이고, 발밑에 놓인 바벨을 양손으로 잡는다. 악력을 보완해주는 파워그립이라는 고무보호대 너머로, 들어올리기 전부터 어떤 중량감이 느껴진다. 엉덩이를 한껏 뒤로 빼고 집요할 정도로 등을 곧게 펴주었다. 그 상태로 정면 거울을 보자 조심성 없던 초등학생 시절처럼 가슴팍이 살짝 드러났다. 그러나 G헬스장에서만은 그런 데 신경쓰지 않아도 된다. 여기서는 누구나 자기 근육에밖에 관심이 없기 때문이다. 그런 무관심에 마음이 편해진다.

다리에 비해 나는 등 쪽이 약하다. 60킬로그램으로 세팅한 바벨을 힘겹게 15회 들어올리고 나자 벌써부터 이마에 땀이 번졌다. 내게 있어 데드리프트의 난관은 운동하려는 등 근육에 앞서 허리에 무리가 와버린다는 것이다. 허리를 혹사하는 건 웨이트 트레이닝에서 절대 금지다. 부담이 가면 자세를 고치거나 다른 종목으로 바꾸는 게 좋다.

O시마가 말을 걸어온 것은 3세트가 끝났을 때였다.

처음에는 누가 나한테 말을 걸었다는 것도 몰랐다. 토요일 오전인데도 G헬스장은 제법 붐볐다. 목소리가 귀에 들어오긴 했지만, 다른 사람들의 대화인 줄 알았다.

"등 운동에 열심인 건 어느 정도 단계에 다다랐다는 건데."

설명하자면, 등은 거울이 없으면 보이지 않는 위치다. 그런데도 등을 단련하는 것은 '어느 정도 단계에 다다른' 트레이니의 증거인 모양이다. O시마가 하얀 이를 보이며 웃었다.

"등을 잘 키우려면 종목 수를 늘려야 하지. 평소에는 의식하지 못하지만, 등 근육에 자극을 주는 방법은 다양하니까. 등이 강해지면 좋은 무기가 돼."

O시마는 나의 데드리프트를 처음부터 지켜본 모양이었다. 몇 가지 구체적인 조언까지 해줬다. 갑자기 말을 걸어서 당황하긴 했지만, 나는 O시마의 조언을 고맙게 받아들였다. O시마가 G헬스장에 새로 들어온 직원인 줄 알았기 때문이다. 그러나 똑바로 선 자세로 보나, 폴로셔츠 너머로 불거진 대원근으로 보나, 자꾸 눈길이 갈 정도로 굴곡이 또렷한 힙과 웨이스트의 비율로 보나, O시마가 범상치 않은 인물이라는 것은 한눈에도 명확했다.

"자기, 올해는 무슨 대회 나가?"

"대회요?"

나는 이른바 스카우트를 당한 것이다.

O시마가 "운동 끝나면 카운터 옆에 있는 라운지로 잠깐 와줘" 하며 내 어깨를 두드렸다.

"U노 씨는 언제 웨이트를 시작했지?"

"일 년 전쯤에요."

"계기는?"

내가 망설이자 O시마가 "다이어트?" "다른 운동도 해?" "건강검진에서 의사가 권유했어?"라고 연거푸 물으며 대답을 재촉했다.

"운동 부족이라 근육을 키워볼까 해서요."

실로 미적지근한 대답이다. 나는 스스로도 내 대답에 어이없어하며 눈을 깜빡거렸다. 그런 마당에도 O시마는 "그렇구나" 하며 흥미롭다는 듯이 고개를 끄덕였다.

"그래도 일 년밖에 안 한 것치고는 수준이 무척 높은데. PT도 받아?"

"아뇨, 가끔 직원분들이 가르쳐주시긴 해요."

"평소에 어느 정도로 열심히 해?"

"그렇게까지는……"

습관처럼 겸손하게 대답했지만, 나는 매번 다음날 근육통이 생기는 것을 목표로 삼아 최선을 다한다.

예상했던 대로 O시마는 보디빌딩 선수였다. 마흔여덟 살인 지금은 현역에서 은퇴했지만, 이십 년 넘게 G헬스장 특별 트레이너를 맡아왔다. 평소에는 간사이 지역에 있는 G헬스장을 거점으로 두는데, 오늘은 오랜만에 간토 지역 G헬스장을 찾았다고 한다. 다름아니라 자신이 다음달부터 이웃한 구에서 퍼스널 짐을 개업하기 때문이다. 준비는 이미 끝났고, 오픈일만 기다리고 있는 듯했다.

"요즘은 퍼스널 짐도 발에 차일 정도로 많지만, 우리 타깃은 진지하게 신체를 단련하고자 하는 사람이야. 대회에 나가서 상위권을 노릴 사람."

요컨대 가입 권유인 것이다. 그걸 알아채고도 나는 계속 자리를 지켰다. O시마가 새로 연다는 헬스장에 큰 관심은 없었지만, O시마가 뿜어내는 생기 넘치는 에너지가 좋았다. 카운터 바로 옆에서 다른 헬스장에 오라고 권유하다니 대담하기 짝이 없다. 그러나 O시마가 G헬스장에서 이미 유명한 중진이라서인지, 카운터에 있던 관장은 우리를 보고도 딱히 눈총을 주지 않았다. 그뿐인가, 직접 단백질 셰이크를 타서 가져다주기까지 했다. 평소에는 360엔짜리 쿠폰으로 구입해야 하는, G헬스장의 특제품인 유청 단백질(40그램)이다.

G헬스장에 있는 고성능 체중계에 따르면 내 체지방률은 22퍼센트였다.

"체중 감량 해본 적 있어?"

"아뇨, 딱히."

"먹는 거 좋아해? 잘 참는 편이야?"

지금 와서 돌이켜보면 그런 막연한 질문에는 마땅히 대답하기도 힘들고, 대답해봤자 별다른 참고가 되지도 않았을 것이다. 그러나 나는 아무런 근거도 전제조건도 없이 "참을 수 있을 거예요"라고 대답했다. 지극히 자연스럽게 입 밖으로 나온 대답이었고, 거짓말을 한다는 생각조차 없었다. 무의식적으로나마 O시마가 기뻐할 만한 대답을 선택한 것이다.

"대회 나가는 거, 생각해본 적 없어? 목표가 생기면 동기부여가 더 잘될 텐데."

"없었어요. 왠지 완전히 다른 세상 얘기 같아서."

이 대답만은 나의 솔직한 심정이었다.

새로 연다는 헬스장 주소를 받고 다음달에 구경 가보기로 했다. 다 마신 단백질 셰이크가 내 입술 언저리에 하얀 수염을 만들었다. 그 헬스장은 신기하게도 전철 정기승차권 범위 내였다.

다음달 주말, 나는 T구 번화가에 와 있었다.

걸음을 멈추고 교차점 모퉁이에 위치한 상가빌딩 8층을 눈부신 듯이 올려다보았다. 예상과 달리 개인이 개업한 퍼스널 짐치고는 규모가 커 보였다.

구경 오라는 권유를 받은 다음날, 나는 평소에 잘 이용하지 않는 G헬스장 스튜디오의 벽에서 O시마의 사진과 경력을 찾아냈다. 액자 속 O시마는 양옆으로 늘어선 다른 보디빌더들 사이에서 영원히 대회 출전중인 듯한 존재감을 뿜고 있었다.

알아보니 보디빌딩을 비롯한 피트니스 계열 대회는 전국 각지에서 하늘의 별만큼 무수히 개최되고 있었다. O시마가 7연패를 거둔 것은 그중에서도 가장 '진검승부'로 간주되는 전통 깊은 BB(보디빌딩)대회였다. 대회를 개최하는 BB협회는 전후 직후부터 국내 보디빌딩을 견인해온 단체이며, 지금은 O시마 본인이 이사를 맡고 있기도 했다.

사진 속 O시마는 지난번 만났던 인물과 딴사람으로 보일 만큼 화려했다. 무대 위에서 만면에 흘러넘치는 미소를 머금고 당당하게 포즈를 취하고 있다. 우람한 근육이 돋보이는 그 몸은 원하든 원치 않든 보는 이의 눈길을 사로잡았다. 인간의 신체가 저렇게까지 단련될 수 있는 걸까. 나는 길가의 잡초처럼 맥없이 발돋움을 했다.

남들 앞에 서는 내 모습을 좀처럼 상상할 수 없었다. O시마의 액자를 멍하니 올려다보고 있자니 어느새 오 분이 지나버려서 곧 스튜디오를 사용해야 하는 에어로빅 군단에게 퇴거명령을 받았다. 그러나 그렇게 찰나의 황홀경에 빠지고 나서도 다른 세상 얘기 같다는 느낌에는 여전히 변함이 없었다. 열심히 불가리안 스쾃에 매진한다고 해서 딱히 불가리아가 친숙해지지는 않는 것과 비슷한 거리감이다. 이런 세계도 있구나 싶어 견문이 넓어진 기분은 들어도, 그 이상의 감흥은 없었다.

그곳은 대표인 O시마의 이름을 따서 N헬스장이라는 간판을 내걸었다.

머뭇거리며 들어서자, 안쪽 공간은 설원처럼 새하얬다. 갓 붙인 타일이 하얘서인지 특수해 보이는 조명이 하얘서인지 판단하기 어려웠다. 좋은 향기가 나고, 천장이 의외로 높았다. BGM이 유명한 팝 메들리라는 점은 G헬스장과 똑같았다. O시마가 직접 헬스장 내부를 안내해주었다.

퍼스널 짐이라고 홍보하는만큼, N헬스장에 가입하면 원하는 시간에 헬스장을 이용할 수 있다고 한다. 다만 회원은 일주일에 최소한 한 번은 PT를 받아야 하는 것이 방침이다. 하얀 복도를 걷는 O시마의 뒤를 따라가며 아까 받은 팸플릿을 살펴보았다. 가격표를 보니 한 달 회비가 G헬스장의 2.5배였다. 감당 못할 금액은 아니지만 G헬스장에 익숙해진 탓에 비싸게 느껴졌다. 탈의실과 화장실 위치를 안내받고, 모퉁이를 돌아선 순간 나는 "앗" 하고 소리를 질렀다.

눈앞에 펼쳐진 트레이닝 공간은 실제로는 그리 넓지 않겠지만 G헬스장처럼 각종 기구들이 빈틈없이 들어차 있지 않아서 널찍해 보였다. 오픈한 지 사흘밖에 안 되었는데도 이미 트레이니 세 사람이 묵묵히 땀을 흘리고 있다. O시마를 본 세 사람은 인사하듯 고개를 끄덕이거나 미소를 짓거나 했다. 기구는 프리와 머신이 반반 정도였다.

웨이트 트레이닝은 크게 프리 계열과 머신 계열로 나뉜다. 전자는 덤벨 내지 바벨을 사용하고, 후자는 부위별로 특화된 전용 머신을 사용한다. 머신 중에서 유명한 것으로는 숄더프레스, 레그컬, 어브도미널(복근) 등이 있다.

정의상의 차이는 그게 전부지만, 별개로 양자 간에는 미묘한 상하관계가 존재한다. 이상하게 프리 계열에 열중하는 쪽이 '한 수 위다' '본격적이다' '멋지다'라는 평가를 받는다. 아닌 게 아니라 온전히 자기 힘으로 궤도와 밸런스를 확보하는 프리 계열이 좀더 상급자용이라는 인식이 있고, 그에 따른 부상副賞 비슷하게 속근육도 잘 단련된다고 여겨진다. 머신 계열은 프리 계열만큼의 자주성을 요구하지 않는 경우가 많다. 또한 아무래도 기구 여기저기로 부하가 분산되기 때문에 목표로 하는 근육에 힘이 제대로 전달되지 않기도 한다. 예를 들어 내 경우는 머신의 쿠션과 맨살이 마찰하면서 생기는 힘을 나도 모르게 이용해버릴 때가 있다.

원래 웨이트 트레이닝에는 위도 아래도 없고, 진정한 상급자는 양쪽 다 활용하며 효과적으로 병행하는 법이지만, 그래도 머신 계열보다 프리 계열이 '위'라고 간주되는 분위기에는 뿌리깊은 무언가가 있다. 아직도 '수동 자동차 면허가 자동보다 위'라는 가치관이 세상에 만연한 것과 비슷하다. 이토록 열변을 늘어놓으며 양자의 중립을 도모하는 나조차 마음속에는 그래도 프리가 낫지 하는 생각이 깔려 있다. 그렇기 때문에 새로 오픈했는데도 신형 머신을 갖추는 데 힘을 주는 대신 고전적인 덤벨랙이 떡하니 자리를 차지하게 만든 N헬스장의 트레이닝 공간에서, 나는 거의 조건반사적으로 이곳이 일류임을 인정한 것이다.

그러나 내가 "앗" 하고 무방비하게 놀란 것은 그 때문이 아니었다.

“스미스가 세 대나 있네요!”

눈앞에 반짝반짝한 스미스들이 사이좋게 늘어서 있었다. 게다가 이 공간에서 가장 전망이 좋은 창가 특등석이다. 가까이 가서 보니, 각각의 레일 경사가 미세하게 다른 것을 알 수 있었다. 그런 얘기를 하자 O시마가 웃으며 “아, 레일 경사는 여기서 조정할 수 있어”라고 설명해주었다. 우아, 정말 굉장하네요! 나는 도라에몽의 ‘어디로든 문’이 눈앞에 열린 것 같은 리액션을 보였다. 사실 그렇게 조정할 수 있는 스미스가 있다는 것도 처음 알았다. 이러저러해서, 구경을 마칠 무렵에는 N헬스장에 완전히 반해버리고 말았다.

O시마에게 N헬스장의 입지와 설비 모두 마음에 들지만, 일개 직장인에게는 회비가 걸림돌이라고 솔직히 털어놓았다. 그러자 O시마가 선뜻 충격적인 조건을 제시했다.

“BB협회가 주최하는 대회에 출전하는 회원은 가입비 무료에 한 달 회비도 절반이야.”

우아아아. 예상치 못한 할인 제도에 나는 입을 딱 벌렸다. 앞서 말했듯이 BB협회는 국내 보디빌딩계의 최고봉이다. 한참 늦었지만, 그제야 지난번에 O시마가 첫마디로 던진 “올해는 무슨 대회 나가?"라는 말을 떠올렸다.

실로 감사한 제안이긴 하다만.

대회 출전이 그렇게 중요한가. 그냥 혼자서 열심히 트레이닝 하면 안 되는가.

그렇게 묻자 O시마가 슬쩍 고개를 옆으로 돌렸다.

그렇다, O시마는 내가 상상한 것 이상으로 열정적인 인간이었다. 그 가슴속에는 마이너한 대회의 선수에게만 깃들 수 있는, 불굴의 야심이 자리잡고 있었다. 옛날에는 여자가 헬스장에 다니면 냉담한 시선을 받았다고 한다. 트레이닝을 열심히 하면 할수록 '별종'이라는 딱지가 붙었고, 남자 흉내 내지 말라며 비웃거나 타이르기까지 했단다. 그래도 굴하지 않고 대회에 매달리며 자신의 가치관을 꾸준히 믿고 실천해온 것이 O시마의 반평생이었다.

그런 시대 풍조에서도 G헬스장은 비교적 O시마 같은 트레이니에게 관용적이었다.

"이래봬도 은혜를 아니까 이십 년 넘게 G헬스장에 있었지. 지금도 좋아하는 마음은 변함없긴 한데, 그 안에 있다보면 아무래도 나 같은 선수는 비주류 취급을 받게 되더라고."

어쨌든 시대는 변했다. 웨이트 트레이닝을 하는 여성 인구가 눈에 띄게 늘었고, 여기저기서 피트니스 대회가 개최되었다. 이건 두 손 들고 기뻐할 일이다. 그러나 O시마는 그런 흐름이 오히려 자신이 개척해온 길을 좁히는 느낌을 받았다고 한다. 여자가 헬스장에 다니는 이유는 다이어트나 미용 목적이 대부분이다. 근육을 키우고 싶다, 강해지고 싶다는 이유는 생각보다 찾아보기 힘들다.

그런 경향은 신규 대회의 심사 항목에서도 나타났다. 이를테면 '과도하게 발달한 근육은 감점 대상' '여성스럽고 부드러운 곡선은 가점 대상'이다. 일반적인 시각으로 볼 때, 너무 완벽하게 단련된 인간은 왠지 좀 꺼려진다. 게다가 최근 대회에서는 마치 종합예술을 다루는 양 근육의 단련도와 무관한 심사 항목이 많아졌다. '매끄러운 피부도 심사 대상' '표정도 심사 대상' '무대 위에서의 애티튜드도 심사 대상' '내년부터는 이브닝드레스 핏도 심사 대상' '지성, 인격, 성실함도 심사 대상' 등등. '지성, 인격, 성실함'을 대체 어떻게 심사하겠다는 건지 의문인데, 출전 선수의 SNS를 수시로 점검하는 방식으로 평가한다는 모양이다.

O시마는 업계 사람인만큼 대놓고 말하지는 않았지만 나도 그 생각을 어렴풋이 이해할 수 있었다. 아무래도 개척자인 O시마가 보기에 최근 대회는 몸의 단련을 겨루는 피트니스 대회라기보다

미인대회의 아류쯤으로 여겨지겠지. 여성의 피트니스 열풍은 크게 환영할 일이고, 그것만으로 충분히 의미가 있다고 볼 수도 있다. 그러나 이런 새로운 조류는, 과거에 O시마가 부정당했고, 그럼에도 꾸준히 이어나가 서서히 세상에 받아들여지게 된 고전적인 보디빌딩의 가치관을 여지없이 희석해버리는 것이다.

"하긴 여자가 너무 울룩불룩하면 보기 좋진 않겠지. 대중의 그런 시선도 이해는 가."

O시마가 자학적으로 나오자 마치 내 일처럼 가슴이 조금 아팠다.

BB협회가 일본에서 처음으로 보디빌딩 대회를 개최한 것은 1956년이라고 한다. 여자 대회가 개최된 것은 그로부터 이십칠년 후인 1983년이다. 하지만 그런 건 아무려나 상관없다. O시마가 결국 독립을 결심하게 된 결정적인 계기는 작년 BB대회의 명칭이 여자 부문만 '보디빌딩'에서 '피지크'로 변경된 일이었다.

상당히 마니악한 뉘앙스의 차이지만, 여기서 설명을 덧붙이고 싶다. '보디빌딩'이란 흔히 떠올리는 '근육질' 몸이며, 〈터미네이터〉에 출연하기 이전의 아널드 슈워제네거가 그 화신이라고 할 수 있다. 혹은 『드래곤볼』 전투 장면의 손오공을 연상해주기 바란다.

반면에 '피지크'는 좀더 '늘씬하고 탄탄한' 체격을 가리킨다(참고로 피지크 선수는 '피지커'라고 한다). 이 체격은 해변의 저스틴 비버, 또는 『아이실드 21』*의 신 세이주로를 떠올려주시라. 아니, 좀더 단적으로 '보디빌딩'과의 차이를 명확히 짚는 데 집중하자면, '마른 근육남'이라고 받아들여도 큰 지장이 없을 것이다. 실제로 프로 피지커를 본다면 도저히 '마른 근육남'이라고 부를 수 없겠지만 말이다.

이 '피지크'라는 수입품은 BB대회의 근간을 바꿔놓았다. 남자부문에는 '보디빌딩'과 별개의 카테고리로 '피지크'가 새롭게 추가되었다. 그 배경에는 어느 정도 계산적인 면이 있었을지도 모른다. '보디빌딩'에 비해 근육량이 적은 '피지크'는 일반인에게 대회 참가의 진입장벽을 낮춰준다. 예를 들어 보디빌딩 트렁크스를 착용하는 '보디빌딩'과 달리, 반바지(서퍼팬츠)를 착용하는 '피지크'에서는 하반신 근육이 심사 대상에서 제외된다. 그러나 '피지크'에도 '피지크' 나름대로의 치열한 경쟁이 있으므로, '피지크' 트레이닝이 '보디빌딩'보다 약하다는 건 결코 아니다. 어찌됐든 '피지크'라는 새로운 카테고리는 일단 머릿수가 너무 적

* 미식축구를 소재로 한 만화.

은 것이 문제였던 이 업계의 대회 인구를 늘리는 데 공헌할 것으로 주목받고 있다. 실제로 '피지크'의 발상지인 미국 역시 이 새로운 카테고리의 창설 경위는 위와 다를 것 없다는 설도 있다.

본론으로 돌아가자. 앞서 말한 대로, 여자 부문에는 '피지크'가 추가된 것이 아니다. 기존의 '보디빌딩'이 '피지크'로 대치되어버린 것이다. 이유인즉 '여성의 보디빌딩에는 여성스러움도 필요하기에'. 그렇다, 결국 그것이 요지였다.

뭐, 이런 얘기는 이쯤 해두고.

"정말로 강한 사람이라면 그런 데 일일이 상처받지 않겠지."

나중에 O시마는 그렇게 말했다. 그런데 난 왠지 서글퍼졌어. 남에게 인정받는 데 너무 중점을 두진 않았는지, 전에 없이 깊은 고민에 빠졌지. 인정받는 게 그렇게 중요한가? 나는 누가 인정해주지 않으면 트레이닝도 못하는 사람인가?

진정한 보디빌더는 분명 남의 생각 같은 것에 휘둘리지 않는 사람들일 거야. 온종일 자기 근육에만 집중할 수 있는, 그런 종류의 강인함을 갖춘 사람들이 진정한 보디빌더라고 생각해. 설령 밀실에 있더라도 자기 몸을 엄격하게 단련할 수 있는 사람들. 평소보다 살짝 작은 목소리로 그렇게 말한 O시마는 조금 쑥스러워하는 기색을 보였다.

그러나 이것은 한참 나중의 얘기다. 대회 출전이 그렇게 중요한가. 그냥 혼자서 열심히 트레이닝하면 안 되는가. O시마는 그때 나의 질문에 이렇게 입을 열었다.

"물론 대회에 나가는 것만이 전부는 아니지만, 그래도 N헬스장에서는 대회 출전을 중시해. 역시 외부를 향해 무언가를 주장하는 것이 그러지 않는 것보다 가치 있다고 생각하거든. 제3자에게 인정받고자 노력함으로써 인간은 한 꺼풀, 또 한 꺼풀 탈피할 수 있으니까."

그쯤 됐을 때는 내 마음도 정해져 있었다.

"저 같은 사람도 할 수 있을까요?"

이건 이미 대답이 정해진 유도신문이었다.

"U노 씨라면 할 수 있어. 혼자서도 지금까지 잘해왔잖아. 여기서 훈련하면 다른 생명체가 될 거야."

가입 수속을 마치고 밖으로 나오자, 신기할 정도로 선명한 석양이 T구를 물들이며 저물어가고 있었다.

집으로 가는 길에 전철 손잡이를 잡고, 그래, 내 안에는 뭐라 말할 수 없는 뭔가가 있었다, 라는 생각을 했다. 웨이트 트레이닝을 시작한 계기는 무엇인가? 내 마음속에서 그 대답은 마치 자욱한 안개 같았다. 그래서 지난번에도 운동 부족 운운하며 애매

모호하게 대답한 것이다.

O시마의 말이 부옇게 어른거리던 그 안개를 단번에 이슬로 맺혀준 느낌이었다. 그 이슬은 차디찬 실체가 되어, 막 잠에서 깬 내 뺨을 순식간에 각성시키듯 타고 내려왔다. O시마는 말 그대로 새벽 같은 사람이었다.

다른 생명체가 될 거야.

그렇다, 나는 다른 생명체가 되고 싶었던 것이다.

"요즘 남자친구 생겼지?"

수요일 오전 아홉시, 컴퓨터를 켜는데 같은 층에서 근무하는 동료 A가 말을 걸었다. 평소에는 스쳐지나도 눈인사 정도만 주고받는 선배 직원이다.

"아닌데요."

"거짓말, 머리 기르잖아. 그리고 살도 확 빠졌는걸?"

그 존재감 없는 U노가 사랑의 소용돌이에 휩싸였다는 소문이 퍼진 모양이다.

나는 부정도 위증도 하지 않고 옅은 미소만 지었다. 그런 야망을 입에 올린 기억은 없는데도 동료 A는 "결혼에 골인하면 좋겠다"라고 나를 고무하며 자기 부서로 향했다. 아침부터 태도가 건

방졌나 반성했지만 결국에는 좀 가만 놔둬라 싶어서 힘주어 눈을 꾹 감았다 떴다.

N헬스장의 지도에 따라 다가오는 대회 당일까지 머리를 기르기로 했다. 물론 BB대회 파이널리스트에 남기 위해서다. 그건 그렇고, 동료 A의 고찰에도 고개가 끄덕여지는 점이 있다. 입사 이후 나는 늘 전시중인 사람처럼 쇼트커트를 유지했다. 사실, 태어난 뒤로 머리를 턱 아래까지 길러본 적이 없다. 그랬던 인간이 지난 주말 역 상가 잡화점에서 검은색 머리핀을 샀다. 이 나이가 되어서야 머리카락이 목덜미를 자꾸 건드리면 불쾌하다는 사실을 알게 된 것이다. 월요일부터는 머리를 하나로 꽉 묶어서 뒤통수에 고정해버렸다.

나는 입사 칠 년 차 직장인이다. 아직 고리타분한 문화가 지배하는 이 직장에서는 그 어떤 무용담을 늘어놓는 꼰대들보다 내가 가장 하드보일드하다고 느낀다.

점심시간이 되자 아까 봤던 동료 A가 나를 곁눈질하는 기척이 느껴졌다. 동료의 변화가 그렇게 신경 쓰이나? 동료 A는 B와 함께 역 앞에 있는 이탈리안 식당으로 향했다. 자리에서 조용히 도시락을 여는데, 같은 부서 상사가 대각선 맞은편에서 "U노, 요새 좋은 일 있어?" 하며 호기심어린 눈으로 물었다. 정말, 귀찮아 죽겠네. 나는 웅얼거림으로 대답을 대신했다. 머리 좀 기른 거 가지고 이렇게 난리라니. 내 머리가 어깨선을 넘는 날에는 침체 일변도인 이 회사의 주가도 폭등하는 거 아닐까.

도시락 내용물은 삶은 달걀과 브로콜리, 아스파라거스, 닭가슴살이다. 전부 그냥 익히기만 했다. 지금은 소금을 치지만, 대회를 앞두고 본격적인 감량에 들어가는 9월부터는 그것도 빼야 한다. 나는 반질거리는 삶은 달걀을 베어물었다.

이 무렵이 되자 내게도 식생활 관련해서 나름대로의 신념이 싹텄다. 먹고 싶은 것을 먹는 게 아니라, 먹어야 하는 것을 먹는 게 당연하다는 발상이다. 도시락을 준비할 때면 마치 신선이 된 기분이다. 회사 매점 직원은 오후 네시쯤이면 늘 초콜릿을 사러 오던 내가 모습을 감추자 퇴사했거나 죽은 줄 알았다고 한다. 참고로 '확 빠졌다'는 동료의 평가와 달리, 체중은 줄기는커녕 오히려 3킬로그램이나 늘었다. 그러나 예상했던 대로라고 할지, 체지방률은 22퍼센트에서 17퍼센트로 내려갔다. 생리 주기는 순조롭다.

나는 사시사철 노비타 군* 수준의 옷차림으로 출근하는데, 지

* 만화 〈도라에몽〉의 등장인물(국내명 노진구).

난주부터는 S사이즈 셔츠 대신 M사이즈를 새로 사는 문제를 진지하게 검토중이다. 원래 입던 S로는 오전 여덟시 오십오분의 라디오체조 때 지장이 생기기 시작했기 때문이다. 회사 내부에서는 '꼰대 같다'는 악평이 하늘을 찌르는 아침 체조지만, 나는 예전부터 그 시간을 대충 넘기지 못했다. 별다른 이유는 없지만 이왕 할 거면 확실하게 하는 게 좋다는 생각에서다. 그런데 정석대로 체조 동작을 하다보니 셔츠 어깨가 답답하게 당겨지는 것이다. 오늘 아침 기지개 운동 때는 부북 하고 실밥 터지는 소리까지 나서 옷이 찢어졌을까봐 안절부절못했다.

아무튼, 인간은 신체를 단련하면 배부터 홀쭉해진다. 이어서 얼굴 살이 빠진다. 그리고 반작용처럼 엉덩이와 어깨가 커진다. 배가 들어가자 벨트를 안 하면 바지가 흘러내릴 것 같아 걱정했는데, 엉덩이에 걸려서 무사했다.

오후 세시가 되자 화장실에 가는 척하며 탕비실로 향했다. 내가 의자에서 일어서는 동작에는 로봇댄스 같은 기묘한 신중함이 동반되었다. 이틀 전의 원 레그 데드리프트가 불러온 근육통이 아직 가라앉지 않았기 때문이다. 근육통은 움직이기 시작할 때가 가장 강렬한 법이다.

나는 손에 티나지 않게 반투명 셰이커를 들고 있었다. 그러나 티나지 않는다는 건 나 혼자의 생각인지도 모른다. 정수기에서 셰이커에 찬물을 받고, 빨리 감기로 돌린 화면 속 바텐더처럼 혼신의 힘을 다해 흔들었다. 뚜껑을 열자 거품이 인 단백질 셰이크가 음료 같지 않게 요란한 쉬익 소리를 냈다. 나도 살짝 거칠어진 숨을 내쉬었다.

그렇다.

나는 불타고 있었다.

돌이켜보면 내 인생에는 겨울철의 비타민C처럼 주체성이 부족했던 것 같다. 누가 시키지도 않았는데 이렇게까지 한 가지에 심취하는 것은 전무후무한 일이었다.

나는 일주일에 일곱 번 N헬스장에 갔다. 7회 중 5회는 개인 운동, 2회는 PT다. 개인 운동은 두 시간 정도, PT는 한 시간이었다.

내 PT를 담당하는 건 T이라는 트레이너였다. 현역 선수 중에서는 O시마의 수제자 격인 사람이다. 학창시절에는 역도 선수였다는 T이는 서른셋 나이에 대회 경력이 벌써 십 년이나 되는 조숙한 베테랑이었다. BB대회에서는 매년 파이널리스트까지 올라가는 실력자다.

처음에는 PT가 부담스러웠지만, 과묵한 T이는 나와 잘 맞는 편이었다. T이의 PT는 매번 몸이 부서져라 몰아붙이는 타입이었다. 그래서 만성적인 근육통이 훈장처럼 따라왔고, 요즘은 몸 어딘가에 근육통이 없으면 되레 불안해지기까지 했다.

N헬스장에 가입한 뒤로 나의 트레이닝은 근본적으로 바뀌었다. 체형은 말할 것도 없고, 가장 큰 변화를 거둔 것은 집중력일 것이다. 나는 진정한 집중이 무엇인지 N헬스장에서 깨달았다. 그전에도 웨이트 트레이닝을 하며 자세와 중심 위치, 호흡, 동작의 연동 등에서 어느 정도 집중한다고 생각했는데, N헬스장에서 체득한 것에 비하면 그건 도저히 집중력이라고 할 수 없는 정신 상태였다. 예를 들면 아무리 있는 힘을 다해도, 아무리 힘들게 버티다가도, 불쑥불쑥 업무의 풍경이 떠오르는 것이다. 아, 그 메일에 답장 보내야 하는데, 하는 생각이 '왜 하필 지금이지?' 싶은 타이밍에 저절로 리마인드되곤 했다. 그리고 머릿속 또다른 곳에서는 아무 맥락도 없는 과거 기억이 되살아난다. 그런가 하면 앞에 있는 트레이니가 마시는 셰이크 색깔이 특이한데 어느 회사 제품일까, 무슨 맛일까 하는, 당장은 아무런 쓸모도 없는 상상에 빠져들기도 했다.

그렇게 의식을 단절하는 것들을 잡념이라고 한다면, 지금 내가 하는 트레이닝에는 그것이 눈곱만큼도 없었다. 나는 그야말로 옆에서 말을 걸어도 알아채지 못할 정도의 집중력을 마법처럼 발휘할 수 있게 되었다. 내게 무슨 특별한 소질이 있어서가 아니다. 근주자적이라는 옛말처럼, 주위에 있는 회원들이 하나같이 그랬기 때문이다. N헬스장에 온 뒤에야 나는 지금까지 인생에서 단 한 번도 집중이란 걸 해본 적 없다는 걸 깨달았다.

수행하기로 한 종목에 몰두하고, 그동안 다른 생각은 일절 하지 않는 것. 또는 그 한 가지에 집중하는 것이야말로 내가 웨이트 트레이닝에서 찾던 바였는지도 모른다. 몸은 가장 정직한 타인이다. 신체를 혹사함으로써 얻어지는 사고의 셧다운. 나는 나날이 강인해져가는 신체는 물론이고, 그 진공지대에도 깊이 빠져들었다.

N헬스장 회원이 되고 반년이 지났다.

스미스 레일을 25도로 설정한 후 벤치프레스를 시작했다. 정확한 명칭은 스미스 머신 인클라인 벤치프레스다. 트레이닝 벤치의 등받이를 기울인 상태에서 수행하는 벤치프레스로, 등이 바닥과 평행한 상태에서 하는 보통 벤치프레스보다 좀더 수월하게 상부 가슴근육에 무게를 전달할 수 있다.

10회 후에 벤치 위치가 마음에 들지 않아 살짝 오른쪽으로 움직였다. 그러자 이번에는 바벨이 기울어진 기분이 들어서 머리 쪽을 조절했다. 트레이닝에 매진할수록 치밀한 세팅에 점점 집착하게 되었다. 조만간 벤치프레스도 프리웨이트로 하고 싶지만, 아직 자세가 안정되지 않아 혼자 하기는 망설여진다.

내 경우 벤치프레스의 마지막 장벽은 복근이다. T이의 조언대로 팔을 천장으로 밀어올리면서 배를 도마처럼 얇게 쥐어짰다. 그러자 신기하게도 바벨에 최후의 일격을 가할 수 있었다. 10회를 마치자 위팔 근육에 피가 휘도는 듯한 팽팽함이 남았다.

다음은 랫풀다운. 머리 위에 매달린 랫바를 앞가슴까지 끌어당기는 종목이다. 랫풀다운은 대표적인 등 운동인데, 어느 정도 이상으로 꾸준히 연습하지 않으면 등 근육에 제대로 효과를 볼 수 없다. 특히 팔이나 어깨 근육이 모자라면 등보다 오히려 그쪽을 트레이닝하는 셈이 되어버린다. 또한 견갑골을 의식적으로 움직이기 힘들어하는 경우에도 따로 맞춤 수업이 필요하다.

이 종목에 몰두하다보면, 웨이트 트레이닝에도 천성적인 재능이란 게 있음을 깨닫는다. 웨이트는 알고 보면 야구나 축구와 마찬가지다(둘 다 해본 적은 없지만). 근성장에 성공하느냐 아니냐는 절반은 근성, 나머지 절반은 기술에 달려 있다. 때문에 보통 보디빌더에게는 '근성이 엄청나게 강한 사람'이라는 이미지가 앞서기 마련인데, 근성은 말할 것도 없고, 실은 '월등하게 웨이트 트레이닝에 뛰어난 사람'이라고 정의할 수도 있다.

"관절로 들지 말고, 근육으로 들엇!"

T이의 눈으로 보면, 내가 유일하게 제대로 된 폼을 익혔다고 자부하던 바벨 스쾃조차 지적할 데가 한두 가지가 아니었다.

PT 직후의 피로감은 역시 개인 운동에 비할 바가 못 되었다. 아무래도 인간은 누가 지켜보고 있으면 실력 이상의 힘을 발휘하려 애쓰는 모양이다. 인간이 사회적인 동물이라는 말의 증거다. 그러나 막 PT를 끝낸 나에게는 그런 아카데믹한 고찰을 심화시킬 여유라곤 없다. 육십 분을 꽉 채운 PT가 끝나면 탈의실에서 한참동안 넋을 놓고 있어야 했다. 방금 대탈출에 성공한 죄수처럼 녹초가 되었기 때문이다.

탈의실에 있는 등나무 의자는 오래 앉아 있으면 허벅지 뒤쪽이 따끔거린다. 아까부터 그랬지만, 아픈 것 이상으로 온몸이 축 늘어져서 의자에서 좀처럼 일어날 수가 없었다. 가져온 유청 단백질도 못 마실 정도다. 그러나 그토록 몸을 혹사한 반작용도 십 분쯤 지나니 가라앉았다. 미각이 회복되고, 처음에는 바륨처럼 그저 식도로 흘려넣기만 하던 셰이크도 서서히 건강한 갓난아기처럼 들이켤 수 있게 되었다.

탈의실 벽에는 올해 BB대회 포스터가 붙어 있다. 포스터를 본 나는 상반신을 앞으로 숙이고, '내일의 조'처럼 허벅지에 팔꿈치를 얹고 무게를 내맡기는 자세를 취했다. 정말, 이렇게 절묘한 위치에 포스터를 붙일 게 뭐람. 나도 모르게 주먹을 불끈 쥐었다.

BB대회까지 앞으로 칠 개월.

나의 약점은 역시 등이었다. 약점이라 함은 전체적으로 봤을 때 등이 특히 빈약해 보인다는 뜻이다. BB대회의 심사 항목 중 하나로 '전신 근육의 밸런스'가 있다. 특정 부위만 집중적으로 키워서는 좋은 평가를 받지 못한다.

반대로 비교적 '완성된' 곳은 다리와 엉덩이였다. 따라서 지금 페이스대로 계속하면 전체 밸런스가 악화되기 때문에, 다리와 엉덩이의 근성장은 일단 중단하고 유지만 하기로 했다. 하긴 그것도 올해만 중단이고, 대회가 끝나면 내년을 대비해 다시 근성장을 시작해야 한다.

T이와 '이달은 등 강화 기간'으로 정하고, 등 운동 종목 수를 늘렸다.

"혹시 이거 쓰실래요?"

"아, 괜찮아요."

상황이 이렇다보니 개인 운동을 하던 어느 날, 나도 모르게 랫풀다운 머신을 탐내는 눈길로 바라봤던 모양이다. 헬스장에 들어간 오후 여섯시 반, 그 랫풀다운은 웬일로 사용중이었다. 나는 맞은편에 설치된 케이블로잉 머신을 쓰면서 내심 기구가 비는 때를 엿보고 있었다. 그런데 숙련된 트레이니는 지금 누가 어떤 머신을 사용하고 싶어하는지 손바닥처럼 훤히 들여다보이는 모양이다. 내가 3세트를 마쳤을 때 놀랍게도 상대가 먼저 그렇게 말을 건넨 것이다. 내가 황송해한 것은 말할 필요도 없다. 그 트레이니는 이름이 알려진 선수였기 때문이다. 160센티미터 이하 연령별 대회에서 4연패를 달성중인 부동의 챔피언이었다.

괜찮다고 사양하는데도 4연패는 끝내 랫풀다운을 양보해주었다. 나는 황송하다 못해 쥐구멍이라도 찾고 싶었다. 이건 어쩔 수 없는 심정인데, 초보한테 머신을 양보받는 것보다 고수에게 양보받는 게 훨씬 미안한 마음이 크다. 한편 4연패는 이런 상황에 익숙한지 어쩔 줄 몰라 하는 나를 되레 격려했다. 괜찮아요, 트레이닝에 귀천은 없으니까. 한계에 도전한다는 점에서 트레이니는 모두 평등하지요. 4연패는 후쿠자와 유키치가 무색해질 만한 지론을 간결하게 설파한 후 곧장 덤벨 구역으로 향했다. 감사인사를 할 틈도 없었다.

역시 N헬스장에 가입하고 알게 된 것인데, 어느 단계를 넘어선 트레이니 중에는 깜짝 놀랄 정도로 겸손한 사람이 많다. 그건 이런 대회에 처음 참가하는 나로서도 고개가 끄덕여지는 얘기였다. 웨이트 트레이닝을 하다보면 나 자신이 별것 아니라는 사실을 말 그대로 온몸으로 깨닫게 된다. 가쁜 숨을 몰아쉬면서 생각한다. 아, 나는 고작 이 플레이트 세 장도 못 이기는 존재구나. 그런 패배감을 일상적으로 접하기 때문에, 어떤 깨달음에 도달한 수행자처럼 한 꺼풀 벗겨낸 겸허함이 절로 몸에 배는 것이리라. 그렇게 인격자가 되는 트레이니가 끊이지 않는다.

또한 나 혼자만의 생각일지 모르지만, 어느 단계를 넘어선 트레이니는 꼭 철학자 같아지는 면이 있다. 트레이니란 누가 시키지도 않았는데 남의 시선을 아랑곳 않고 목표를 향해 하루하루 묵묵히 달려가는 사람이다. 보디빌딩을 위한 웨이트 트레이닝은 무척 고되지만, 99퍼센트의 트레이니에게는 그 행위가 딱히 돈이 되지 않는다. 운동이 건강에 좋은 건 확실하나 보디빌딩을 위한 웨이트 트레이닝은 원래부터 건강을 위한 것이 아니며, 오히려 너무 과도하면 건강을 해칠 우려마저 있다. 그런데도 굳이 하려고 드는 자에게는 그에 상응하는 동기부여, 나아가 철학이 필요하다. 아니, 철학까지는 못 되어도 트레이니 중에는 말을 사랑하는 사람이 많다는 느낌이다. 말, 특히 꾸준히 노력을 거듭하는 일을 칭송하는 계열의 명언은 트레이니에게 꾸준히 사랑받는다. T이의 스마트폰 바탕화면은 '지속은 힘이다'라는 붓글씨였다. 참고로 나는 '천릿길도 한 걸음부터' 물론 다 그런 건 아니겠지만, 트레이니는 그런 식으로 스스로를 고무하곤 한다. 뭣하면 자기만의 명언을 고안해내는 경우도 있다.

문득 S코가 떠올랐다. S코 역시 과할 만큼 노력하는 스스로를 언어화하고 온갖 수단을 동원해 사람들에게 발신하는 자였다. 당시에는 냉소적으로 봤지만, 이제는 그 마음도 이해가 간다. 그렇다, 그렇게라도 하지 않으면 때때로 이 운동을 버텨낼 수 없는 순간이 오는 것이다.

N헬스장으로 옮긴 후에도 나는 여전히 일주일에 한 번은 S코의 근황을 살폈다. 그날도 집에 가는 지하철에서 내 엄지는 자연스럽게 S코의 게시글을 확인했다.

S코는 매년 참가해온 PP(퍼펙트 프로포션)대회에 올해도 나간다는 소식을 모두에게 '보고'하고 있었다. PP대회는 우리 눈에는 미인대회의 아류쯤에 해당하는 '느슨한' 대회다. 개최 시기는 BB대회의 한 달 후였다.

한편, N헬스장 회원 중에도 PP대회 출전 경험을 가진 선수가 더러 있었다. 탈의실에서 그런 선수와 담소할 기회가 생겼을 때 나는 "제 친구가 해마다 참가해요"라며 멋대로 S코를 들먹였다. 그 덕분인지 몰라도 대화가 예상외로 활기를 띠었고, 우리는 최종적으로 'PP대회보다 BB대회가 한 수 위'라는 결론에 다다랐다. 분명 서로의 자기긍정을 보강하기 위한 허세도 섞였겠지만, 대화하는 중에는 자못 그 말이 진실처럼 여겨졌다. PP대회의 콘셉트는 '남성은 스포티하게, 여성은 섹시하게'다. 이것이 우리에게는 절호의 표적이 되었다. 아니지, '둘 다 머스큘러하게'가 맞지 않아? 우리는 유쾌하게 웃었다. 굳이 말할 필요 없이 여기에는 집안싸움 같은 면이 있다. 밖에서 보면 거기서 거기니 사이좋게 지내라고 타이르고 싶어진다. 하지만 집안싸움이란 본래 닮은 사람들 사이에서 일어나는 법이다. 겉핥기로나마 속사정을 알고 있으니 싸움 걸기도 쉬운 것이다.

그런 까닭에 S코의 게시글을 확인하는 내 안에서는 예전과 다른 종류의 우월감이 싹트고 있었다. 지금부터 열심히 운동! G헬스장 전신거울에 비친 S코. PP대회든 BB대회든, 이 업계에는 '포징'이라는 규정 표현수단이 있다. PP대회에서 규정한 '사이드 포즈'를 S코가 매번 연습하고 있었다는 사실을 나는 얼마 전에야 알아챘다.

전직 PP 선수와의 대화를 떠올리다가 나는 별안간 고개를 휙 들었다. 나지막하게 "앗" 하는 소리를 냈을지도 모른다. 그렇다, 지금 이 순간까지 알아채지 못한 게 신기할 정도인데, PP대회에서는 SNS 활동도 심사 대상이었다. 그 전직 PP 선수는 SNS에 칸자니∞*와 요코하마 DeNA 베이스타스**에 관한 얘기만 올렸었는데, 대회 후 받아든 평가표에 따르면 그게 감점 대상이 되었던 모양이다. 진위 여부는 명확하지 않지만 지금은 재미있는 얘깃거리다.

그랬구나, S코의 피드는 PP대회를 염두에 둔 것이었구나. 나는 코부터 정수리까지 뻥 뚫리는 듯한 깨달음의 충격에 잠시 넋을 잃었다. 그런 시각으로 S코의 게시글을 다시 떠올려보니, 과연 의식 있는 여성다운 내용들이었다. 추천하는 화장품, 저탄수화물 식생활, 매일 밤의 반신욕, 아침마다 마시는 더운물(52도), 매주 주말의 피부 관리. 하물며 PP대회에서는 외모뿐 아니라 지성도 갖춰야 하기 때문에, S코는 이따금 환경문제나 인권문제도

* 일본의 7인조 남성 아이돌 그룹.

** 일본 프로야구 구단.

언급했다. 워싱턴주에서 발생한 산불 소식에 아침부터 눈물이 멈추지 않는다고 썼다.

이쯤 되면 내가 낀 색안경이 도를 넘었다고 할 것이다.

S코, 대단하네.

이건 지금까지의 빈정거림과 달랐다. 나는 S코가 PP대회에 임하는 자세에 진심으로 감동했다. 아마 나 스스로 한 명의 선수로 대회에 참가한다는 목표를 세움으로써 비로소 공감하게 된 심정일 것이다. 계속 혼자서만 운동했다면, 여전히 'S코는 시간도 많구나'라는 감상 정도에 그쳤을 게 틀림없다. 일상의 많은 부분을 반년도 더 남은 대회를 위해 바치고 있는 모습에, S코가 공들여 쌓아온 탑의 위력을 이해할 수 있게 된 것이다.

그렇게 나는 S코에 대한 경멸을 남몰래 해소했고, 그날부터는 자연히 더이상 S코의 인스타를 확인하지 않게 되었다. 한마디로 인간의 그릇이 커진 셈이다. N헬스장에 구경 간 날 O시마가 했던 말도 이해되는 한편으로, 스포티든 섹시든 머스큘러스든, 세상에는 여러 가지 잣대가 있어도 되지 않나 생각하게 되었다. 이런 변화가 현재 분투중인 진지한 트레이닝 덕분이라면, 역시 신체를 단련하는 행위는 위대한 일이라 할 수 있었다.

그건 그렇고.

역에 도착해 계단을 올라가면서 나는 빨간 항공등이 반짝이는 밤하늘을 올려다보았다. 드러그스토어에 들러야 한다는 걸 생각해냈다. 샴푸와 입욕제가 거의 바닥났다. 아무리 머리를 기르고 있다지만, 1인 가구라는 게 믿기지 않을 정도로 빠르게 샴푸가 줄고 있었다. 입욕제와는 지금껏 연이 없었건만 밤마다 꼭 욕조에 몸을 담그라는 지시를 받고 샤워로만 끝내던 그전까지의 생활에 종지부가 찍혔다. 원래는 목욕을 좋아하는 편이 아니었는데, 입욕제를 넣으니 나름대로 즐길 수 있었다.

드러그스토어에서 내친김에 각종 영양보충제와 여분의 셰이커도 샀다. 판매가 부진한지 영양보충제는 반값 할인중이었다. 계산대에서 할인 가격이 제대로 반영되는지 꼼꼼하게 확인하며 나는 하늘에 감사했다. 아아, BB대회 심사 항목에 SNS가 없어서 정말 다행이야.

웨이트 트레이닝에 몰두하는 하루하루가 지나가고 8월이 되었다. BB대회까지 이제 삼 개월. 대회 당일을 대비해 본격적인 시동을 걸었다.

말은 이렇지만 뭐든 서류 절차가 먼저다.

오전 영시, 나는 어두운 방에서 컴퓨터를 켜고 BB대회 사이트에 접속했다. 상당히 늦은 시간대다. 주지하다시피 이 시간대에는 근육의 성장, 즉 성장호르몬을 위해 숙면을 취해야 한다. 그러나 근성장 관련 상식을 잘 알면서도 그 무렵 나는 도무지 잠을 이루지 못했다. 불면증이라고 할 정도는 아니지만, 잠자리에 들어서도 영 잠들지 못했고, 잠이 든 후에도 두세 번씩 깼다. 몸을 뒤척이다가 근육통 때문에 갑자기 깰 때도 있었다.

이렇다 할 원인은 찾을 수 없지만, 왠지 웨이트 트레이닝 때문에 신경이 상시 흥분해 있는 듯했다. 트레이닝의 강도는 날이 갈수록 높아졌다. 얼마 전 탈의실에 있던 보디빌딩 잡지를 읽다가, 매번 '태어난 걸 후회할' 만큼의 강도로 훈련한다는 해외 일류선수의 명언을 접했다. 어쩌면 저녁식사를 참새 눈물만큼 먹어서 계속 공복 상태라 밤마다 눈이 떠지는지도 모른다. 아니면 단지 열대야 기후 탓일까.

어찌됐든 심각한 문제는 아니었다. 수면 시간이 짧아졌다고 주간 업무나 트레이닝에 지장이 가지도 않았고, 밤새 뜬눈으로 지새우는 것도 아니다. 물론 숙면하는 게 제일 좋겠지만 일종의 명현현상이라고 볼 수 있었다.

그런 상황에서 어차피 잠이 안 오는 김에 컴퓨터를 켠 것이다. BB대회 참가는 선착순이 아니기에 마감 기한만 맞추면 언제 신청하든 상관없지만, 나는 마치 이때를 간절히 기다려온 사람처럼 자정에 신청 페이지가 열리자마자 접속했다.

내가 출전하는 체급은 '이십대, 신장 157센티미터 이하'였다. BB대회는 나이와 키로 체급을 나눈다. T이의 말을 들어보니, 나이로도 나누게 된 것은 십 년 전부터인 것 같다. 이런 세분화도 최근의 경향이다. 루머인지 진짜인지 모르겠지만, 챔피언 수를 늘려서 대회 인구를 확보하기 위함이라고 한다. 체급별로 선출된 챔피언은 오버올, 즉 무체급 출전 자격을 얻는다. 대회 마지막 순서인 그 심사의 승자, 오버올 챔피언이 대미를 장식한다.

입력 칸을 하나씩 채워가면서 쓸데없는 생각을 하지 않으려 애썼다. 그렇다, 그 그랜드 챔피언은 보통 '170센티미터 이상' 체급의 챔피언이 가져가는 경우가 많다. 물론 심사는 공평하다. 다만 키가 크면 상대적으로 팔다리도 길기 때문에 갈고닦은 근육이 한결 두드러지고, 무대에서도 훨씬 돋보인다. 인류 보편의 원리처럼, 이 업계에서도 역시 큰 키가 유리했다. 공평하기에 오히려 냉엄한 현실이라 하겠다.

그러나 나는 대인배처럼 호기롭지는 못하더라도, 타고난 조건을 떨떠름하게나마 받아들일 정도로는 성숙해 있었다. 스누피가 말했듯이 우리는 각자 받아든 카드로 게임에 임하는 수밖에 없다. 말은 이렇게 하지만, 한번은 "U노는 키는 작지만 어깨가 넓고 엉덩이도 볼륨 있는 편이라 대회에서 유리해"라는 T이의 코멘트에 "그래요?"라고 쿨하게 넘기면서도 내심 기뻐했더랬다. 참고로 T이의 키는 176센티미터다. 아무래도 이건 부럽다.

시키는 대로 개인정보를 채워나갔다. 참가비 오천 엔은 신용카드로 결제했다. 원래는 참가 신청 때 앞과 뒤, 옆에서 촬영한 전신사진이 필요한데, N헬스장은 BB대회의 공인을 받았기 때문에 이곳 회원들에게는 면제되었다.

입력 내용을 확인하고 '완료' 버튼을 클릭했다.

아아, 드디어.

내 심장은 한밤중에 남몰래 두근거렸다.

연례행사인 '발기회'는 일요일 오전 열시였다. O시마가 독립하기 전에는 매년 G헬스장에서 열었는데, 올해부터는 N헬스장이 행사장이다.

두 달 전부터 미리 공지된 발기회에는 N헬스장에서 BB대회에 출전하는 선수들 전원이 모였다. 내가 소속된 N헬스장에서는 여섯 명, 간토 지역의 또다른 지점에서 두 명이 참가했다. 그리고 외부 참가자가 여덟 명. 나중에 알게 된 내용에 따르면, 외부 참가자는 참가비 팔천 엔을 내야 하는데 개중에는 단순히 O시마를 만나보고 싶어서 온 팬도 있었던 모양이다. 새삼 이 대회에서 O시마가 얼마나 레전드인지 알 수 있었다.

그날은 아침부터 스트레칭 공간에 긴 접이식 탁자 여덟 개가 늘어섰다. 헬스장에 도착한 나는 구석에 놓인 파이프의자에 조용히 자리잡았다.

개회 전에 약 십 분 정도 참가자끼리 서로를 알 기회가 생겼다. 대화를 나눠보니 처음 참가하는 사람은 나와 N헬스장의 다른 지점에서 온 한 명뿐이었다. 말 그대로 신입사원 같은 기분이다. 무심코 내년에는 이 자리에서 짐짓 선배인 척하고 있는 나를 상상했다.

개회 시간이 되자 N헬스장 티셔츠를 입은 O시마가 인사말을 한 후 곧바로 BB대회 설명을 시작했다. 보디빌딩 대회에는 몇 가지 세세한 규칙이 있는데, BB대회는 그중에서도 유독 규칙이 엄격한 편이었다. O시마 뒤편으로는 8층 유리창이 펼쳐져 있고, 빌딩들 사이로 순백의 소나기구름이 엿보였다. 문득 입시학원 여름특강의 풍경이 떠올랐다.

나에게 이 자리는 늘 오던 장소, 늘 보던 얼굴들의 조합이었다. 그런데도 생각보다 많이 긴장한 것은 뒤쪽 파이프의자에 업계 잡지의 기자단이 앉아 있었기 때문이다. 내가 도착했을 때는 없었는데, 조금 전 O시마와 함께 행사장으로 들어왔다.

O시마의 설명이 시작되자 카메라맨이 천천히 행사장을 돌며 여기저기에서 전문 도구를 들고 쉴새없이 셔터를 눌러댔다. 나는 일부러 다소 진지한 표정을 지으려고 애썼다. 평소처럼 유니클로 청바지에 티셔츠라는, 여름방학 맞은 초등학생 옷차림으로 온 것이 부주의하게 느껴졌다.

T이가 일러준 대로 메모할 준비를 해 왔다. 평소 수행 종목의 횟수와 중량을 기록하는 수첩을 그날은 반대쪽에서 펼쳤다. 반드시 알아둬야 할 요구사항, 규정, 테크닉이 한두 가지가 아니었다. 시작한 지 삼 분 만에 외부 참가자가 바로 질문을 던졌다. 정말로 마니악한 경기인 듯, 요즘처럼 정보가 넘쳐나는 세상에서도 이렇게 자세한 실전 정보를 얻을 기회가 많지 않은 것이다.

내가 첫번째로 메모에 주력한 부분은 규정 포즈 종류였다. BB 대회에는 네 종류의 규정 포즈가 있으므로 반드시 숙지해야 한다. 이것은 N헬스장에서 따로 훈련의 장을 마련해준다고 했다.

규정 포즈. 이쯤 되자 새삼스럽게 불안해졌다. 저 카메라 한 대에도 주눅이 드는 내가 과연 무대에서 당당히 포즈를 취할 수 있을까.

그러나 그런 불안이 스친 것도 한순간이었다. 나는 O시마의 말을 한 마디도 놓치지 않으려 필사적이었다. 그렇다, 권유받고 구경 왔을 때 O시마와 단둘이 여유롭게 대화한 것이 얼마나 소중한 기회였는지, 지금의 나는 알 수 있었다. 간토에 두 개 지점, 게다가 내년에는 간사이와 규슈에도 하나씩 새로운 지점을 열기 위해 준비중인 O시마는 이루 말할 수 없이 바빴다. 그런데도 일주일에 한 번은 꼭 T구의 N헬스장을 찾았고, 얼굴을 보면 현재 컨디션이나 의욕 상태 등을 물어봐주었다.

O시마가 가장 열정적으로 설명한 것은 감량에 대해서였다. 일반적으로 보디빌딩 선수는 근성장을 위한 증량기를 거친 뒤, 대회 몇 달 전부터 감량기로 들어간다. 증량기, 즉 벌크업 기간을 가지는 것은 영양분이 제대로 공급되지 않으면 근육을 키울 수 없기 때문이다. 그러니 살찌우는 시기라 생각하고 마구 먹는다. 반면에 감량기, 즉 데피니션 기간은 설명할 필요도 없이 대회 당일을 대비해 체지방을 빼는 기간이다. 그러나 키워놓은 근육을 유지하면서 그 위를 덮은 피하지방만 뺀다는 것은 멀고도 험한 길, 아니, 엄밀히 말해 생리학적으로 불가능한 일이다. 그래서 대부분의 선수들은 어느 정도의 근손실을 각오하고 극한까지 피하지방을 걷어낸다.

O시마는 말했다. 승패는 바로 이 감량의 여부로 결정된다 해도 과언이 아니라고. O시마는 BB대회뿐 아니라 전국 각지의 여러 대회에서 심사위원을 맡아왔다. 대회가 끝나면 선수 개개인에게 강평을 해주는데, 어느 때고 가장 많이 나오는 것이 '체지방 커팅이 부족했다'라는 평가다. 힘들게 근육을 단련해놓고 너무 아깝다. 심사하는 측도 안타깝기는 마찬가지라고 한다.

대회에 처음 나가는 선수는 대회 직전의 생활 방식을 각별히 명심하라는 지시도 있었다. 막 입을 열려는 O시마와 언뜻 시선이 마주쳤다. 손끝이 떨렸다.

설명만 들으면 실천 내용은 간단하다. 먼저 대회 일주일 전부터 전날까지 '수분 제한'과 '염분 제한'을 실행한다. 어감이 좀 무섭지만, 말 그대로 수분과 염분을 절제한다는 뜻이다. 아니, 절제한다는 표현은 부정확하고, 정확하게는 죽지 않을 정도로 끊는 것이다. '수분 제한'과 '염분 제한'을 하면 온몸에서 부기가 빠지고 혈관 및 근섬유가 겉으로 잘 드러난다. 물론 그만큼 피하지방도 얇아지는 것이 필요조건이다. O시마는 최종 조정기간 중의 영양 섭취 방법을 전수해주었다.

반대로 대회 당일에는 속칭 '카보로딩'이라고 하는 탄수화물 집중 보급을 실행한다. 갈라진 논바닥 같은 몸에 영양분을 왕창

쏟아붓는 것이다. 그렇게 하면 근육이 잠에서 깨어나듯이 탄력을 되찾는다.

단, 이때 무엇을 먹느냐가 중요하다. 기아 상태에 가까운 신체는 맞지 않는 음식을 받아들이지 않는다. 경우에 따라서는 지독한 위통이나 구역질의 습격으로 무대에서 집중력이 떨어지거나 제대로 서 있지도 못하는 불상사가 발생할 수 있다. 늘 먹던 음식을 선택하면 거의 문제가 없는데, 그러더라도 밥이냐 빵이냐 면이냐 등등 선택지가 무한하다. 밥으로 한다면 백미냐 현미냐 흑미냐. 단 음식을 먹을 것이냐 말 것이냐, 먹는다면 초콜릿이냐 단팥이냐 쿠키냐. 선수에 따라서는 이때 전략적으로 염분을 섭취해 삼투현상으로 근육에 탄력을 더하는 경우도 있다. 어쨌거나 이것만은 개개인의 체질문제이니, 최종적으로는 스스로 연구를 거듭한 후에 실천해달라. O시마는 그렇게 말을 맺었다. 이런 점에서 역시 이 대회는 경험이 힘이라는 걸 깨달았다. 다른 누구보다 가장 자기 몸을 잘 아는 사람이 승리에 가까워지는 것이다.

그렇게 예정대로 사십 분 만에 O시마의 설명이 끝나자, 내 머리는 부어오른 종아리처럼 빵빵해졌다. 머리가 멍하고 1.5배쯤 무거워진 기분이었다. 그런 와중에 사진 촬영을 하겠다고 한다. 참가자와 N헬스장 스태프 전원이 O시마를 둘러싸고 파이팅 포즈를 취하는 구도였다. 나는 몹시 부끄러웠다. 사진 촬영을 끝내자 기자단은 만족스러운 듯이 돌아갔다.

"자, 그럼 지금부터 여러분의 컨디션을 점검할 테니, 이름이 불린 분은 이쪽으로 와주세요."

헉. 이제 다 끝난 줄 알았던 나는 그렇게 말한 스태프에게 고개를 돌렸다. 이봐요, T이 씨, 그런 말 안 했잖아요. 하지만 사실은 다름아닌 이 '컨디션 체크'야말로 발기회의 메인 이벤트였다. 다른 참가자들은 익숙한 기색으로 준비를 시작했다. 아까의 설명은 아무래도 서론에 불과했던 모양이다.

피트니스 계열 대회가 난립하는 이 세상에 굳이 전통 있는 BB 대회를 선택해서 온 열여섯 명이다. 파카나 셔츠를 벗고 얇은 옷만 남으니, 하나같이 범상치 않게 탄탄한 신체의 소유자였다.

주위 눈치를 보며 같이 탱크톱 차림이 된 나는 으스스해진 몸과 마음으로 이름이 불리길 기다렸다. 우두커니 서서 앞서 불려 간 선수의 상황을 관찰했다. O시마, 그리고 어느새 O시마 옆에 나타난 스태프 아무개 씨가 거울 속에서 선수와 시선을 맞추며 이런저런 조언을 해주었다. 어깨는 이만하면 됐네. 그런데 좌우 차이가 눈에 보여. 다리는 어떻게 된 거야? 작년보다 작아진 것 같은데? 앞허벅지, 나이스 벌크업. 조금만 더 굴곡이 생기면 좋겠다. 여기 좀더 커팅할 수 없을까? 엉덩이는 크기도 중요하지만 역시 밸런스가 먼저야. 대둔근, 중둔근, 소둔근, 만들어지는 상태를 봐가면서 조절하도록. O시마는 다양한 거리와 각도에서 선수들을 꼼꼼히 살펴보며 평가했다.

"옆에 있는 사람, E토 씨 맞지?"

나처럼 대기하고 있던 선수가 옆 선수에게 나지막이 물었다. 질문을 받은 선수는 맞는다며 고개를 끄덕였다.

"E토 씨는 변한 게 없네."

그 선수는 넋을 놓고 감탄했다. 한편 정면을 쳐다보며 그들의 대화에 귀기울이고 있던 나는 뜻밖의 대답에 남몰래 눈을 휘둥그레 떴다. E토 코치는 전부터 이름을 들어서 알고 있었다. N헬스장 팸플릿에 '스페셜 코치'라고 소개되어 있었기 때문이다. 그러나 그게 다였기 때문에 직접 보는 것은 오늘이 처음이었다.

저 사람이 E토 코치구나. O시마의 '맹우盟友'라는 정보를 접했던지라, 나는 O시마 못지않은 근육질을 상상했었다. 그런데 E토 코치는 근육과는 연이 없어 보이는 인물이었다. 오히려 마루노우치나 긴자 번화가를 활보할 것 같은, 더없이 고상한 분위기가 풍겼다. 샴푸 광고처럼 탐스러운 검은 머리 위에 동그란 오렌지색 렌즈 선글라스를 얹고 있었다.

나중에 알게 된 사실인데, E토는 이모의 뒤를 이어 미스 유니버스 일본 대표로 나간 경력을 갖고 있었다. 평소에는 아오야마에서 스테이징 레슨 스튜디오를 운영하는데 대회를 앞둔 이 시기에는 외부 강사 격으로 N헬스장에 와서 선수 지도를 맡는 듯했다.

그렇구나, 규정 포즈 훈련, 아니, 레슨은 저 사람이 담당하는구나. 나는 애써 담담한 표정을 유지한 채 납득했다.

드디어 이름이 불리자 나는 상기된 목소리로 대답했다. 스르르 앞으로 나가서 생포된 외계인처럼 O시마와 E토 사이에 섰다. O시마가 뒤에서 내 어깨를 움켜쥐었다. 안마하는 듯한 손놀림으로 근육 상태를 체크한 후, 위팔을 거쳐 아래팔로 양손을 이동했다. O시마의 지시에 따라 나는 힘을 넣었다 뺐다 했다. 공항 보안검사처럼 등과 배와 하반신도 꼼꼼하게 확인했다.

"U노는 성과가 빨리 나오네. 일 년 차로 안 보일 정도로 좋아."

O시마의 평가에 나는 말문이 막혔다. 전생에 O시마의 조상을 구하기라도 한 걸까. 앞선 다섯 명에게는 제법 쓴소리를 하는 인상이었는데, 나는 불려나오자마자 첫마디부터 칭찬을 받았다. 명치까지 걷어올린 탱크톱을 도로 내리는 것도 잊고, 뺨에는 주체 못할 정도로 피가 솟구쳤다.

"지방도 얇고, 이 시기치고 느낌이 좋아. 감량은 단번에 하는 것보다 천천히 하는 쪽이 확실해. 지금은 어떻게 먹어?"

나는 현재의 식생활을 설명했다.

"힘들어? 참고 있는 중이야?"

"아뇨, 그 정도는 아니에요."

"그럼 그렇게 계속하고. 대회 두 달 전에는 탄수화물만 조금 줄이자. 현재 체지방률은? 16이라. 당일에 12 정도까지 내려가면 제일 좋은데. 정체기 같은 건 없었고?"

O시마가 내게서 한 발 물러서더니 전신을 부감하듯이 훑어보았다. 아까 알려준 포즈를 취해보라는 지시가 내려왔다. 나는 어깨너머로 본 것을 흉내내어 프런트 더블 바이셉스 자세를 취했다. 양팔을 구부려서 얼굴 옆으로 드는, 상완이두근의 산을 보여주는 포즈다. 팔에 힘이 잘 들어가도록 주먹을 불끈 쥐었다. 그런데 O시마는 신중한 표정을 짓고는 "혈관은 어떤 타입이지?"라고 물었다. 응? 난생처음 받아보는 질문이었다. 하마터면 "B형이에요"라고 대답할 뻔했다.

"혈관 타입, 말인가요?"

"그래. 혈관이 굵으면 근육이 잘 드러나서 데피니션 효과가 좋거든. 그런 체질인 사람은 근섬유도 두드러지는 경우가 많아. U

노는 어때?"

몸은 근육질이라 비교적 탄탄한데, 어찌된 영문인지 내 혈관은 양갓집 규수처럼 가늘었다. 채혈할 때마다 간호사가 혀를 찰 정도로 까다로운 혈관의 소유자다.

"혈관이 가늘면 불리한가요?"

간신히 보통 자세로 돌아온 나는 난데없이 레드카드를 받은 축구 선수처럼 동요했다.

"아니, 전혀 그렇진 않아. 심사 항목에도 없고. 하지만 이런 타입은 평소에도 혈액순환을 신경쓰는 게 좋아. 아무래도 핏기가 돌아야 근육도 더 보기 좋게 나오니까."

그 순간부터 나는 가는 혈관에 신경이 쓰이기 시작했다. 혈관도 트레이닝할 수 있으면 좋겠지만, 다행인지 불행인지 혈관의 굵기란 그리 호락호락하게 바뀌지 않는 모양이다. 그렇다면 O시마가 말한 대로 혈류를 최대한 건강하게 만드는 수밖에 없다. 다음날부터 나는 점심식사로 간과 시금치를 잔뜩 먹었다.

그 밖에 체질에 관해 마니악한 대화를 하고 식생활 관련해 좀 더 마니악한 조언을 마친 O시마는 "앞으로는 등을 집중적으로 하도록"이라고 마무리한 다음, "나중에 또 점검할 거야"라고 다짐을 두었다.

"그나저나 좋은 몸이 만들어질 것 같은걸. 예선은 통과할지도 모르겠어."

열여섯 명 중 그런 말을 들은 것은 나 하나뿐이었다. 미소 짓는 O시마를 바라보며 나는 머릿속이 들끓는 듯한 흥분을 맛보았다. 인생에서 칭찬받은 경험이 적으면 이런 증상이 나오는 걸까. 중간 경과이긴 하지만, 여기서 나의 노력이 어느 정도 호평을 받은 셈이다. N헬스장에 처음 왔을 때 O시마가 했던 말을 떠올렸다. 제3자에게 인정받고자 노력함으로써 인간은 한 꺼풀, 또 한 꺼풀 탈피할 수 있으니까. 그렇다, 대회든 O시마든 제3자의 인정에는 역시나 상상한 것 이상의 가치가 있었다. 오랫동안 잊고 살았는데, 타인에게 인정받는다는 건 어쨌거나 기쁜 일이었다.

그런데 O시마의 말에 들뜬 기분은 오 초 이상 이어지지 않았다. 눈길을 들자 E토의 코끝이 바로 앞에 다가와 있었기 때문이다. E토는 내 이마 언저리를 뚫어져라 쳐다보았다. 나는 제자리에서 얼어버린 사냥감처럼 느슨해진 신경을 다시 바짝 긴장시켰다. E토에게서는 백화점 화장품 매장에서나 맡을 법한 고급스러운 향기가 났다.

E토는 아무 말 없이 얼굴을 거두었다. 그리고 바로 다음 선수를 불렀다.

원래 자리로 돌아온 나는 아까 들은 조언을 잊어버리기 전에 부지런히 메모했다. 뭐 빠진 게 없는지 되짚어보면서도, 나는 반쯤은 혼돈 상태였다. O시마에게 아낌없이 칭찬을 받은 충격, 일 년 차인 주제에 하는 부러움이 묻어나는 선수들의 눈빛, 그리고 수수께끼 같은 E토의 응시가 한데 정리되지 못한 채 머릿속에서 어지럽게 소용돌이쳤다.

십 분 후. 나는 체크가 끝난 다른 선수들과 같이 어깨의 짐을 내려놓은 기분으로 무릎을 세우고 앉아 있었다. 아무도 중간에 자리를 뜨지 않았고, 지루하다는 표정을 짓지도 않았으며, 당연히 스마트폰을 만지작거리지도 않고, 고개를 끄덕거리며 다른 선수들을 향한 조언을 경청했다.

솔직히 말하자면, 머리로는 참고하자고 받아들이면서도 그때 내 귀에는 다른 선수를 향한 조언 따윈 들어오지 않았다. 약간 의기양양해져 있었던 것이다. 지금까지는 오로지 내 몸에만 집중하느라 다른 선수들의 몸에는 눈길을 줄 여유가 없었는데, 여기 와서 보니 내 몸의 완성도가 한 단계를 넘어서 있음을 알 수 있었다. 저 엉덩이는 왜 저렇게 탄력이 없어. 앞허벅지에 커팅이 전혀 안 돼서 밋밋하네. 건방지게도 속으로 그렇게 품평했다.

돌이켜보면 나의 컨디션 조절이 한신 타이거스*의 매직넘버

카운트다운처럼 성급했던 이유는 전적으로 내가 초보자여서였다. 마라톤 풀코스에서 처음부터 모든 힘을 쏟아버린 셈이다. 그렇게 무모하게 전력질주하는 것이야말로 대회 첫 출전자의 특징이었다.

트레이닝은 물론이고 식생활에서도 진지했다. 그 무렵에는 누가 보면 출가했나 싶을 정도로 절제에 힘썼다. 원래는 단 음식을 좋아하는 편이었는데, N헬스장에 가입한 뒤로는 한 번도 입에 대지 않았다. 초월적인 의지의 힘이라고 해야 할까, 신기하게도 참는다는 느낌은 없고, 이제부터 단 것은 네가 먹을 음식이 아니다, 하는 누군가의 말에 순순히 설득된 기분이었다. 마트 계산대 옆에 늘어선 한정판매 초콜릿을 바라보는 내 눈빛은 속세에 두고 온 형제를 바라보는 눈빛이었을 게 틀림없다. 요전번에 본가에 갔을 때 달랑 낫토만 먹는 나를 보고 부모님이 기겁하던 것이 떠올랐다. 세상에는 진지함이 지나치면 되레 바보 취급을 하는 경향이 있는데, 나의 유일한, 그리고 가장 큰 장점이 여기서 빛을 본 것이다. 다른 선수의 컨디션 체크를 주시하는 척하면서 실제로 내가 본 것은, 이 대회와 나의 상성이, 바보스러울 만큼 진지

---

* 일본 프로야구 구단.

하다는 점에서 개기일식 급으로 정확히 일치하는 풍경이었다.

모든 선수의 컨디션 체크가 끝나자 어느새 정오가 가까웠다. O시마가 참가자들에게 감사인사를 하고 해산을 알렸다. 우리는 차례로 자리를 떴다. 스트레칭 구역은 오후 한시까지 원상 복구되어야 했다.

발기회는 무사히 끝났지만, 나는 이제 준비해 온 점심을 먹고 오후 한시부터 웨이트 트레이닝에 매달릴 계획이었다. 일요일인 오늘은 팔의 날이다.

그런데.

막 자리를 뜨려는데 E토가 "U노 씨" 하며 아름다운 알토의 목소리로 불러세웠다.

"잠깐 할 얘기가 있으니까 남아줄래?"

왠지 안 좋은 예감.

참가자들이 사라진 스트레칭 구역에는 N헬스장 스태프들이 탁자 등을 정리하러 나타났다. E토는 정리가 끝나고 조용해진 뒤에야 얘기를 꺼낼 태세였다. 프로의 손길로 눈 깜짝할 새 철거되는 즉석 행사장에서 E토는 잠시 N헬스장을 둘러보았다. 그때는 E토가 미스 유니버스 일본 대표였다는 경력, 아니, 전력戰歷을 몰랐지만, 그래도 나는 역시 예사롭지 않은 아우라를 감지했다. O

시마를 만났을 때 느낀 것과 같은, 자신의 신체에 보통사람 이상의 신념을 심고 그것을 무기로 삼아온 인간 특유의, 서 있는 것만으로도 남들의 눈길을 사로잡는 아우라였다.

스트레칭 구역은 금세 복구되었다. 실내가 조용해지자 휴일의 떠들썩한 바깥 소음이 벽을 타고 8층 창문까지 올라왔다. 주위에 가로수도 없는데 어디서 나는지 모를 매미 울음소리까지 섞여 있었다.

E토가 나를 창가 쪽으로 부르더니 "대회 나가는 거 처음이지?"라는 말로 서두를 열었다. 그리고 이 순간부터 대회 당일까지, 나는 국무총리가 무색해지는 분 단위 스케줄로 살아가게 되었다.

BB대회까지 앞으로 팔십팔 일.

발기회 다음날 퇴근하자마자 나는 피부과로 달려갔다. 대기실에 도착해서야 한숨 돌렸다. 촉박하게 알아봤는데도 예약이 잡혀서 다행이다. 원래는 이 피부과에 오려면 일주일 전에 예약을 잡아야 한다. 이번에는 딱 십 분만 봐달라며 매달려서 가까스로 예약을 따냈다.

"U노 씨 들어오세요."

지금까지는 피부과는커녕 양호실 신세도 진 적이 없는 나다. 회사에서 하는 건강검진은 해마다 받지만, 이렇게 개인적으로 병원을 찾으면 왠지 모르게 꺼림칙한 긴장감이 뒤따랐다.

스물아홉 나이에, 나는 귀를 뚫으러 온 것이다.

일회용 폴리에틸렌 장갑을 낀 간호사의 오른손에는 피어서라는 기구가 들려 있었다. 그걸 보고는 소름이 쫙 끼쳤는데, 뚫는 과정은 의외로 싱겁게 끝났다. 간호사가 미리 설명해준 대로 '잠깐 따끔한' 정도였다. 오히려 바늘이 귓불을 관통하는 직접적인 자극보다 방아쇠를 당기는 총소리가 고막에 남긴 여운이 더 오래갔다. 그 간호사의 양쪽 귀에는 벌집처럼 구멍이 뚫려 있었다.

귓불에 밀어넣은 투명한 귀걸이는 삼 개월은 그대로 끼고 지내는 게 좋다고 했다. 나는 주의사항이 적힌 종이를 받아든 후, 얼얼하게 달아오른 귓불을 신기해할 새도 없이 곧장 피부과를 나섰다. 물론 N헬스장에 가기 위해서다. N헬스장의 마감 시간은 밤 아홉시였다.

대회 출전에는 스테이트먼트 이어링이 필수다.

"스테이트먼트 이어링이 뭐예요?"

공부와 담쌓은 대학생처럼, 나는 E토에게 얼빠진 질문을 던졌다. 그 질문이 미스 유니버스 일본 대표 출신에게 좋지 않은 인상을 줬음은 굳이 말할 것도 없다.

"뭐, U노 씨 같은 사람도 간혹 있긴 해."

E토는 이를 꽉 깨물었다. 그러나 야단맞으면서도 이상하게 기분은 나쁘지 않았고, 시원한 바람을 쐬는 기분이었다.

잘 들어.

"아무리 BB대회라 해도 보디빌딩에선 근육이 전부가 아니야. 그 점을 잊어선 안 돼."

나는 얼어붙은 사람처럼 눈도 깜빡이지 못했다.

"처음부터 너무 엄격하다고 생각할지 모르지만, 이것만은 명심했으면 해. U노 씨가 지금 하려는 일이 뭔지 정확히 알아둬야 해. 아, 정말, N은 항상 몸의 완성도만 보니까 문제야. N이 안 하니까 이런 포인트는 내가 지적할 수밖에……"

E토는 한숨을 한번 내쉬더니 나더러 필기구를 가져오라고 했다. 나는 철저하게 계산해둔 공복 간격도 내동댕이치고 시키는 대로 E토 앞에 앉았다. 그렇다, 내게 있어 본격적인 발기회는 지금부터였다. 십 분 넘게 공복이 이어지면 근육이 분해되기 때문에 원래는 그런 상황을 피해야 하지만, 도저히 그런 말을 꺼낼 분위기가 아니었다.

일대일 지도는 두 시간에 걸쳐 진행되었다.

"U노 씨는 가능성이 있으니까 이러는 거야."

그래도 역시 미스 유니버스 일본 대표 출신답다. 기회가 될 때마다, 있을까 말까 한 나의 인격을 존중해주는 것을 잊지 않았다.

스테이트먼트 이어링이란, 한마디로 말해 엄청나게 큰 귀걸이다.

내 시야는 옹이구멍이나 다름없었다. 역대 선수들의 사진을 보면 대회 준비가 신체 컨디셔닝만으로 끝나지 않는다는 걸 원숭이도 알 수 있었을 텐데. 내 눈은 신기할 정도로 오로지 근육만 보고 있었다. 수행 계획과 기술과 근성을 바탕으로 웨이트 트레이닝만 열심히 하면 승리에 가까워질 수 있다고 믿었다.

보디빌딩에선 근육이 전부가 아니야.

다른 건 제쳐두고 제일 먼저 귀부터 뚫은 것은 귀걸이 구멍이 안정되는 데 최소한 삼 개월은 필요하기 때문이었다. 그냥 보기에도 스테이트먼트 이어링은 귓불이 늘어질 정도로 무겁다. 삼 개월도 자리잡기에 빠듯하지만, 구멍을 막 뚫어 불안정한 상태에서는 유혈사태가 일어날 게 뻔하다. 상상만으로도 끔찍했다.

스테이트먼트 이어링은 "U노 씨한테 괜찮은 게 없으면" N헬스장에서 가지고 있는 걸 빌려도 된다고 했다. 귀걸이뿐 아니라 팔찌를 비롯한 다른 장신구도 E토가 내 체격, 이목구비, 분위기, 당일의 완성도, 그 외 여러 가지 요소들을 고려해서 골라준다.

하지만 이것은 서막에 불과했다.

보디빌딩에서는 매끄러운 피부도 심사 대상이다. 그러나 보습의 '보' 자, 화장품의 '화' 자도 모르는 내가 우선적으로 착수해야 할 일은 불필요한 털의 처리였다.

"대회 직전에 왁싱은 곤란한데……"

내 팔을 살피던 E토가 근심 가득한 얼굴을 들었다. 왁싱이라는 수단이 있긴 하지만 가는 털까지 다 뽑히진 않을뿐더러 피부가 약한 선수는 대회 당일까지 피부에 벌건 흔적이 남을 수 있다.

"그런데 저는 피부가 튼튼해요."

반쯤은 변호, 반쯤은 E토를 격려하기 위해 주장했는데, E토가 매서운 눈초리를 던졌다.

"튼튼하고 약하고의 문제가 아니야. 심지어 자기는 벌써 스물아홉이잖아. 순진하게 피부가 튼튼하다고 말할 수 있는 건 기껏해야 십대까지라고."

아무 대답도 할 수 없었다.

그런 시각으로 주위를 둘러보니 세상은 제모의 춘추전국시대였다. 전철이든 길거리든 눈 닿는 데마다 제모시술 광고와 간판이 북적거린다. 올여름에야말로 매끈하게. 여름, 바다, 그리고 제모. 그러나 레이저제모가 됐건 영구제모가 됐건 실제로 매끈해지기까지 최소 일 년이 걸린다는 사실을 고려하면, 8월에 '올여름에야말로'라고 외치는 광고 문구에는 1밀리미터의 진실도 담겨 있지 않음을 알 수 있다. 그렇게 시간이 오래 걸리지 않는다면, 또는 내 털이 이렇게 억세지 않았다면, E토의 고민도 조금은 덜어졌을 텐데.

빠른 효과를 중시한 E토의 지시에 따라, 나는 주말마다 니들제모를 하러 다니게 되었다. 니들제모, 즉 바늘제모는 모공에 전기가 통하는 바늘을 삽입하는 제모 방법이다.

"아프세요?"

제모가 필요한 부위는 팔과 다리뿐 아니라 뒷목, 손가락, 등, 얼굴, 가랑이 'VIO' 라인의 'VI'에까지 이르게 광범위하다. 그렇다, 발기회에서 E토가 내 이마 언저리를 응시했는데, 그때 E토는 내 미간에 희미하게 돋은 털을 확인했던 것이다. 훌륭하게 보존된 배냇머리라고 표현해도 손색없을 모질의 그 털은 바야흐로 영원히 제거되는 중이었다. 바늘제모로 뽑힌 성장기의 털은 두 번 다시 나지 않는다고 한다. E토는 미간마저 손대지 않은 나의 털 상태를 보고, 이런 부분에 대한 전반적인 마음가짐을 꿰뚫어 본 것이다.

"아뇨, 괜찮아요."

나는 시술대 위에 누워 있었다. 제모사가 손을 멈춘 이유는 바늘을 찌른 순간 내 미간이 심하게 일그러졌기 때문이다.

아프긴 아팠지만, 여기서 아프다고 주장하면 "그럼 여기는 다음에 하죠" 같은 소리를 하거나 보냉제만 하염없이 대주며 진행을 안 하거나 둘 중 하나임을 지난번 시술에서 이미 학습했다. 내게는 시간을 낭비할 여유가 없다. 미용실에서 "가려운 곳 없으세요?"라는 질문에 대답하는 마음으로, "괜찮아요"라고 기계적으로 말했다.

바늘제모는 한 가닥 한 가닥 수작업으로 이뤄지기 때문에 오래 걸린다. 한 시간 후, 나는 흡사 벌집이 된 기분으로 숍에서 나왔다. 정리된 눈썹과 입가와 귀밑털 주변이 얼얼하게 화끈거리며 달아올랐다.

시술 부위에 열감이 있으니까 일주일 정도는 사우나나 과격한 운동처럼 체온이 오르는 행위를 삼가주세요. 오늘은 욕조에는 들어가지 말고, 간단히 샤워만 하시고요. 내일부터는 괜찮습니다.

제모사가 얼굴 옆에 오른손으로 OK 사인을 만들었고, 나는 필요 이상으로 강하게 "알겠습니다!"라고 약속했다. 단 한 가지도 지킬 수 없는 주의사항이었다.

그런 데 신경쓸 새도 없이, 나는 곧장 정오로 예약해둔 다음 숍으로 향했다. 이번에는 정강이 털 처리다. 그렇다, 바늘제모는 그 희소성 때문인지 예약하기가 매우 힘들다. 일정이 좀 엉키더라도 예약되는 시간대에 허겁지겁 달려갈 수밖에 없었다. 나는 남몰래 무려 네 군데의 숍을 순회하며, 유능한 영업사원처럼 휴일의 도심을 바쁘게 누볐다.

이날 계획된 제모 순례를 마치고 Y역에 도착한 것은 오후 세 시였다.

나는 전달받은 주소를 들고 한 아파트의 인터폰을 눌렀다. 매장이 일반 아파트에 있다는 사실에서 범상치 않은 마니악함이 느껴졌다. 인터폰을 받은 사람이 친절한 목소리로 "들어오세요" 하며 자동문을 열어주었다. 미리 온다고 연락해둔 것이다.

"이런 건 어때요?"

십 분 후, 나는 알몸 상태에서 잇따라 비키니를 바꿔 입는 마네킹이 되어 있었다. 굳이 말할 것도 없이, 대회에서는 전문가용 비키니가 필요하다. 이것만은 N헬스장에서 빌릴 수 없고 각자 알아서 마련해야 했다. 메루카리*에서 사면 안 되느냐고 물어봤지만, 당치도 않은 소리였다.

직원의 권유에 나는 떨떠름한 표정을 지었다.

"너무 화려한데, 수영복에 제가 묻혀버리는 느낌이에요."

실내는 예상보다 넓고, 비키니 말고도 다양한 의상들이 갖춰져 있었다. 나의 다리 길이로는 보나마나 바닥에 질질 끌릴 드레스와 실크 소재 가운, 왕관 같은 것도 있었다. 그건 그렇고, '수영복에 묻혀버리는 느낌'이라니……? 그렇다면 여기에 네가 묻히지 않을 수영복이 있다는 말씀이신지? 그런 반성에 빠져드는 와중에도 직원은 계속해서 새로운 비키니를 들고 왔다.

"아니, 음, 반짝거리지 않는 재질이면 좋겠는데요."

"네에에에엣?"

내 말에 직원이 마치 용이라도 본 것처럼 화들짝 놀랐다.

"손님, 그래가지곤 못 이겨요."

결국 남색에 하얀 테두리가 있는 비키니를 고른 후, 사진을 찍어달라고 해서 E토에게 보냈다. 이어서 하이힐을 신어보고, 이것들이 가까운 미래에 나를 내동댕이치지 않기를 기도하며 마찬가

* 일본의 온라인 중고거래 플랫폼.

지로 사진을 찍었다. 최근에는 카테고리가 통합되면서 BB대회에 출전하는 모든 여자 선수가 하이힐을 착용하는 것이 현행 규칙이었다. 하이힐은 흰색에 광택이 있는 가장 무난한, 아니, 가장 스탠더드한 것을 골랐다.

피팅은 조금 설레면서도 이상하게 체력이 소모되는 행위다. 아파트 건물을 나오자 오후 다섯시가 지나 있었다. 오늘 아침 오전 일곱시부터 N헬스장에서 두 시간 동안 트레이닝을 한 것을 생각하면, 눈 깜짝할 새 지나가버린 토요일이었다.

그러나 아직 하루의 마무리라는 감흥에 젖어들 단계가 아니다. 나는 몰려드는 투명한 보도진에게 자못 심각한 표정을 지으며 다음 행선지로 향하는 정계 중진처럼 걸음을 옮겼다.

한 시간 후. 태닝 머신이라고 하는 기계 안에 서서 나는 오랜만에 꾸벅꾸벅 졸았던 것 같다. 굳이 설명할 것 없이 햇볕에 그은 피부가 그렇지 않은 것보다 훨씬 탄탄해 보인다. 게다가 무대에서는 수십 대의 카메라에 노출되는데, 피부가 희면 근육의 커팅이나 세퍼레이션이 플래시 불빛에 파묻혀버린다. BB대회에서 요구하는 것은 이른바 '미백'이 아니라, 구릿빛 피부였다.

피부를 이상적인 구릿빛으로 만드는 방법에는 태닝 말고도 컬러링이라는 것이 있다. 컬러링은 피부를 태우는 게 아니라 착색

크림을 바르는 것이다. 컬러링을 할 거라면 보통 대회 며칠 전에 한 번 실시하면 되지만, 태닝은 대회 당일까지 일주일에 두 번 정도 숍에 다녀야 한다. 태닝도 감량과 마찬가지로 조금씩 천천히 시술하는 것이 좋다. 조급하게 한 번에 태워버리면 며칠은 괴로움에 몸부림치게 된다고 한다. 이것은 T이의 경험담이었다.

컬러링을 선택하지 않은 것은 E토의 지도 때문이 아니라, BB 대회에서 금지해서였다. BB대회는 '내추럴'에 중점을 두는 대회다. 예를 들어 근육증강제, 즉 스테로이드의 사용도 거의 전면적으로 금지한다. 사실 이런 대회에서는 스테로이드가 꼭 도핑의 대명사라고는 할 수 없고, 암묵적으로 사용이 용인되는 대회도 있다. 결국은 각 대회에서 정하기 나름인 것이다. 물론 BB대회에서 컬러링이 금지된 이유도 '내추럴'하지 않기 때문이었다.

그날 방문한 태닝숍은 T이가 추천해준 곳이었다. 반듯하게 눕는 가로형 태닝 머신보다 세로형이 더 고르게 태워진다고 했다. 치한으로 오해받지 않으려는 사람처럼 양손으로 손잡이를 잡고, 나는 턱밑까지 골고루 태우기 위해 고개를 뒤로 살짝 젖혔다.

어스름한 파란 불빛이 비치는 밀폐 공간은 상당히 SF적이었다. 세로로 굵은 주름이 물결치는 기계 안쪽 면에 요염한 광택이 흔들린다. 전원이 켜지고 피부를 태우는 라이트를 뿜어내는 기계음이 어렴풋이 귓가에 와닿자, 타임머신이나 냉동수면이 존재하는 세계관에 들어온 듯한 착각이 싹텄다. 오래전 비행기에서 본 영화의 줄거리를 떠올려봤다.

그렇게 반쯤 꿈꾸는 기분으로 있다보니 어느새 이십 분이 지났다. 불빛이 떨어져내리듯 꺼지고, 기계음도 끊기고, 영화의 엔딩 크레디트가 끝났을 때처럼 순식간에 오감이 일상으로 되돌아왔다. SF의 잔재처럼 피부 표면이 한동안 민감했다. 그을린 피부에는 자기 전에 전용 젤을 발라줘야 한다.

나는 눈을 몇 번 깜박이고 머리가 서서히 각성됨을 느끼며, 그래, 난 시간여행자가 아니야, 하고 눈의 초점을 맞췄다. 미래로도 과거로도 가지 않은 지금의 나는, 말하자면 내추럴을 추구하는 자였다.

물론 트레이닝은 절찬 진행중이다.

"그러게, 무리해서 중량을 높일 필요 없다고 했잖아. 팔꿈치 부상이라도 생기면 아예 트레이닝도 못한다고."

T이가 "첫 출전자들은 툭하면 이런다니까" 하며 나를 나무랐다. 벤치프레스를 너무 열심히 하는 바람에 내 팔꿈치에 염증이 생긴 것이다. 동서고금 벤치프레스는 트레이니들이 특히 열중

하는 종목인데, 스미스 머신을 사용하면 혼자서도 떨어뜨릴 염려가 없기에 개인 운동 때는 팔이 안 움직일 때까지 계속 중량을 높여갔다. 그러다 급기야 팔꿈치가 비명을 질렀고, 직각에서 더 굽히려고 하면 이 이상은 안 된다고 경고하는 듯한 통증이 느껴졌다.

중량은 너무 무거워도 너무 가벼워도 안 된다. 트레이니로서 중량을 높여가는 건 당연한 목표지만, 웨이트 트레이닝에 지름길은 없다. 같은 운동이라도 다루는 중량에 따라 근육을 다르게 써야 하는 종목도 있다. 단련하려는 부위에 알맞은 중량과 횟수를 정확히 파악했을 때, 비로소 트레이닝의 효력이 발휘되는 것이다.

아이스팩을 대고 테이핑해주는 T이를 보면서 나는 하릴없이 반성 모드에 들어갔다. 이번 경우에는 근력에 비해 과한 중량을 들려다가 관절 내지 힘줄에 무리가 간 모양이다. 그런데 멀쩡하게 넘어갈 때도 많다는 게 웨이트 트레이닝의 고약한 점이다. 경험이 부족하면, 잘못된 도전을 하면서도 열심히 훈련중이라는 기분에 취해버린다. 관절이나 힘줄에 무리가 가게 하지 말라는 주의를 매번 귀 따갑게 들었는데도.

그나저나 얌전히 고개를 끄덕이는 한편으로 이렇게 앉아 있는 시간이 아깝다고 생각한 걸 보면 오히려 내가 더 고약한 셈인가. 대회까지 남은 시간은 두 달 반. 한시도 허투루 보내고 싶지 않았다. 지금은 T이와의 소중한 PT 시간이다. 내 팔꿈치 상태와 상관없이, PT는 1회 육십 분으로 정해져 있다.

그렇지만 T이의 말마따나 부주의한 부상보다 더한 시간 낭비는 없다. 웨이트 트레이닝으로 인한 부상 부위는 허리와 무릎이 대표적인데, 다행히 그곳들은 무사했지만 실은 이번 팔꿈치와 같은 상태를 손목에도 느낀 적 있었다. 지난번에 숄더프레스 플레이트를 평소보다 한 장 늘려서 같은 횟수를 수행했더니 양쪽 손목이 뻐근해진 것이다. 어깨 쪽 근력은 아직 더 짜낼 수 있는데, 관계도 없는 손목 때문에 플레이트를 추가하지 못하는 게 몹시 억울했다. 선천적으로 손이 작아 손목도 보통사람보다 약한 건지도 몰랐다. 이것만은 파워그립을 꺼내들어도 해결되지 않는 문제였다.

손목 얘기는 T이에게 하지 않았다. 무의식적으로, 176센티미터인 T이는 공감하지 못할 테고 별다른 해결책도 없지 않나 싶어 외면한 것이다. 괜히 얘기했다가는 숄더프레스를 금지시킬 우려도 있었다.

"벤치는 한동안 안 하는 게 좋을까요?"

"상태를 봐야지."

익숙한 손놀림으로 테이핑을 끝낸 T이가 "좋아, 어덕션으로 바꾸자" 하며 일어섰다. 하체 계열 종목으로 교체한 것이다.

잊어버리기 쉬운데, T이도 같은 날 BB대회에 출전하는 선수다. T이의 몸 역시 매일같이 만나는 나도 알아볼 수 있을 정도로 하루가 다르게 탄탄해졌다. T이의 신체적 변화가 BB대회를 겨냥한 카운트다운처럼 느껴지기도 해서, 나는 홀쭉해지는 T이의 뺨을 보며 시시각각 우리가 정상으로 향하고 있음을 실감하곤 했다. 한편 베테랑인 T이는 대회를 어떻게 준비해야 할지 통달하고 있기에, 이 시기에도 다른 선수에게서는 찾아볼 수 없는 여유가 느껴졌다. 그렇다보니 나는 자꾸 T이도 같은 선수라는 사실을 잊어버리곤 했다.

이 시기가 되면 BB대회에 나가는 선수들은 누구나 감량기의 한복판에 서 있다. 첫 출전인 나는 따로 증량기가 없었기 때문에 이번만은 대폭적인 감량이 불필요했지만, 한창 감량중인 선수들은 왠지 태도가 까칠해지고 감정의 기복이 심해졌다. 겉보기에는 괜찮아도 감량중에 갑자기 물욕이 솟구쳐서 생전 안 하던 충동소비를 하는 선수도 있다. 감량도 대회의 일환인 이상 보디빌딩에는 어느 정도 정신적인 무장이 요구되는데, 그런 면에서 봐도 T이는 역시 안정감이 있었다. 괜히 십 년을 계속한 게 아닌 것이다.

보디빌딩, 즉 근육은 연공서열이다. 다시 말해 정석대로 꾸준히 하는 사람이 보답을 받는다. 오랫동안 신체에 붙어 있는 근육에는 일시적으로 생긴 근육에선 찾아볼 수 없는 성숙미가 있다. 와인이나 치즈, 장아찌와 같은 원리다. 세상 사람들은 젊음에 파격적인 가치를 부여하지만, 보디빌딩에서 말하는 '몸 만들기'가 연 단위 사업인 이상, 이 세계에서는 반드시 '젊음=강함'이라고 할 수 없다. 신체 그 자체는 물론이거니와 경험치의 존재감이 생각보다 강한 대회다.

어덕션. 그 종목명을 들으니 매실장아찌를 보고 절로 침이 고이듯 안쪽 허벅지가 움찔했다. 근육통이 너무 심해 다음날 아침 출근을 심각하게 고민하는 내 모습이 떠올랐다. 나는 용수철이 튕기듯 벌떡 일어섰다.

약간의 내부 항쟁이 벌어진 것은 대회까지 딱 칠십 일이 남은 토요일이었다.

마음이 편치 않게도 발단은 나였다. 그날 O시마와 E토의 두번째 컨디션 체크가 있었다. 지난번과 달리 대회 당일 복장인 비키니 등을 가져온 선수도 있어서 마치 실제 무대 같은 분위기였다. 용의주도한 선수들의 뒷모습을 바라보며 나는 내심 조바심을 냈다. 원래도 나는 평소 액세서리나 하이힐을 착용하지 않는다. 이런 자리를 이용해 조금이라도 익숙해져야 함은 말할 것도 없다. 그런데 머리로는 이해하면서도 왠지 멀찍이서 구경하는 심정이 들어서, 지난번과 같은 옷차림으로 이 자리에 오고 말았다.

시키지 않으면 행동하지 않는 나. 생각해보면 그런 점을 지적해준 E토는 정말 소중한 존재였다. 이 나이쯤 되니 이제는 아무도 나에게 '그런 점'을 지적해주지 않는다. T이조차 근육 말고 다른 부분은 누가 시켜서가 아니라 각자의 자주성에 맡겨야 한다고 생각했다. 그것이 우리의 인권이라는 듯이. T이의 방침도 틀리지는 않았을 것이다. 브래지어를 착용하기 시작할 타이밍을 최종적으로는 스스로 결정해야 하는 것과 마찬가지다.

엎친 데 덮친 격으로 나의 운동 성과에 대한 두번째 강평은 지난번보다 엄격했다. 한마디로 부족하다는 평가였다. 본격적인 감량에 들어가고 한 달이 지난 지금, 내 몸에 남은 근육은 생각했던 것보다 적었다. 근육량이 유지되고 있는 줄 알았는데, O시마의 눈으로 보면 피하지방과 함께 제법 손실돼버린 모양이다. 그렇다면 나의 감량은 절반은 환상이었던 셈이다. 보디빌딩에서 말하는 '감량'에는 근육이 포함되지 않는다. 이것 또한 첫 출전자에게는 흔한 경우라고 한다. T이도 트레이닝 전에는 뭐든 꼭 먹어두라고 틈날 때마다 조언했는데, 늘 조금 진한 단백질 셰이크만 각성제처럼 마셨을 뿐이다. 그런 말을 듣고 보니, 과연 근육과 골격이 불거지긴 했지만 다른 선수들에 비하면 마치 미라처럼 들뜬 듯 보였다.

"너무 지나쳤어."

완만한 실행이 성공적인 감량의 핵심이다. 그런데 어설프게 임했다간 개인의 재량으로 무작정 빼고 보기 십상인데, 나 역시 어느새 정도를 넘어서버린 것이다. 타고난 체격과 체질에 상당 부분 좌우되는 근성장에 비해 감량은 비교적 평등한 결과를 낳는다. 무의식적으로, 경험이 부족한 내가 두각을 보일 수 있는 부분은 이것밖에 없다고 생각했는지도 모른다. O시마의 지적에 기어들어가는 목소리로 대답한 나는 그야말로 지나치면 모자람만 못하다는 말의 본보기였다.

N헬스장에 가입했을 때부터 감량이 얼마나 힘든지를 익히 들어왔던 터라, 나는 초경을 겁내는 초등학생처럼 곧 다가올 감량을 두려워했다. 그런데 출산도 걱정보다 실전이 낫다는 말처럼, 어어 하는 사이 순식간에 러너스하이도 아니고 감량스하이 상태

로 접어들어버렸다. O시마의 지적에 얌전히 고개를 끄덕이면서도 마지막으로 쌀밥을 먹은 것이 대체 언제였는지 떠올릴 수가 없었다. 밥뿐인가, 탄수화물 자체가 그렇다. 하이 상태임을 증명하기라도 하듯이, 그럼에도 전혀 괴롭지가 않았다. 그보다 지금의 식생활을 바꾸는 것이 훨씬 두려웠다.

하지만 그렇게 변명 섞인 소회를 O시마에게 밝힐 권리도, 필요도 없었다. 기분 탓인지 몰라도 O시마의 강평은 짧고 냉담했다. 지금 페이스대로 감량을 계속하면 대회에서 원하는 결과를 낼 수 없어. 탄수화물을 조금 늘리고, 지방도 적절히 섭취하도록. 나는 힘없이 거울 앞을 떠났다.

반면 E토에게서는 제모와 태닝 결과를 칭찬받고 약간 기분이 좋아졌지만, 머리가 대회까지 충분히 자라지 않겠다는 단언을 받았다. 대회 며칠 전 미용실에 가서 허리 길이까지 붙임머리를 하기로 했다.

"하지만 T이 씨는 어깨 길이잖아요."

O시마에게 혹평을 듣고 될 대로 되라는 심정이었을까. 나는 건방지게도 미스 유니버스 일본 대표 출신에게 입을 삐죽였다. E토는 대답 대신 타이르듯 말했다. 로마에 가면 로마의 법을 따르라는 말이 있듯이, 어느 세계에서나 일단은 스탠더드를 추구

해야 한다는 것. 우선 기본부터 착실히 익히고, 기본을 자기 것으로 만들 것. 천재가 아니라면 철저한 모방에서 시작하는 것이, 비단 이 대회에서만이 아니라 일류로 향하는 가장 빠른 길이라는 것이다.

"이 대회는 U노 씨가 생각하는 것보다 훨씬 클래식해."

클래식. 그때 E토는 나에게 매우 중요한 말을 했다. 그러나 나는 그 중요성을 미처 깨닫지 못했다. "알겠습니다"라고 대답했을 뿐이다.

내부 항쟁 이야기를 하려던 참이었지. 두번째 컨디션 체크는 그렇게 마무리되었다. O시마와 E토가 자리를 뜨자 그 자리에서 자연히 조촐한 친목회가 열렸다. 다들 이 마니악한 대회에 임하면서 많든 적든 교류가 필요한 심정이었나보다. 나도 예외가 아니었기에 이 교류의 장에 머물면서, 익숙하지 않은 대회 준비의 정보 교환에 뛰어들었다.

발단은 "그런데 혹시 하이퍼나이프라고 아세요?"라는 나의 질문이었다.

"하이퍼나이프?"

"아, 지방 얇아지는 거 말이죠?"

그 자리에 있던 열한 명 중 하이퍼나이프를 몰랐던 것은 나와 대회 삼 년 차 선수 한 명뿐이었다. 하이퍼나이프는 보디빌딩뿐 아니라 일반적인 미용업계에서도 사용하는 다이어트 기구다. 특수한 고주파를 피부에 쏘이면 그 부위의 지방세포가 작아지는 원리다. 정말이지 요즘 세상에는 안 되는 게 없다. 나는 그런 시술이 존재한다는 사실을 비키니와 하이힐을 샀던 가게의 매니저에게서 들었다. 할인권이 딸린 전단지를 건네주길래, 뭔지 잘 모르겠지만 감사히 받았다.

"그거, 하는 게 좋나요?"

나는 뜻을 같이하는 선수들에게 물었다. 원래는 E토에게 물어볼 생각이었는데 그럴 분위기가 아니었기 때문이다.

"꼭 할 필요는 없어. 정말로 효과가 있는지도 모르겠고."

T이가 백팩에서 생수와 파우치를 꺼내며 딱 잘라 말했다. 이런 면에서 T이는 강경파다. 늘상 해온 대회 준비는 빈틈없이 챙기지만, 새로운 방법에는 불신이 앞서는 모양이다. 비키니와 하이힐, 액세서리 등도 좀처럼 새로 사지 않고 매년 같은 것을 착용했다. 내가 들고 온 전단지를 힐끗 보고서도 "이거 엄청 비싼데, 바가지 아니야?"라고 가차없이 말했다.

T이는 그 자리에 있는 선수들 중에서도 최고의 실력자다. 그런데 T이의 생각이 곧 우리 생각이라는 분위기로 흘러갈 때, W

나베가 “나는 이삼일 간격으로 하는데”라고 불쑥 내뱉었다.

“한두 번 해서는 효과가 없겠지만, 꾸준히 인내심을 가지고 하면 꽤 달라져. 여기 봐.”

백문이 불여일견이라는 듯이 W나베가 보여준 대퇴사두근에 우리는 눈을 휘둥그레 떴다. 가장 중요한 포인트인 근육의 커팅과 세퍼레이션이 멋지게 두드러졌다. 아까 체크 때도 O시마가 칭찬했었지만, 가까이서 보니 상당히 인상적이었다. 게다가 대회까지 아직 두 달이 남았다.

“앞으로 지방이 더 얇아질 거야. 역시 먹는 것만 조절해서는 생각만큼 안 되고, 한계가 있잖아? 하이퍼나이프는 부위별로 조절할 수 있으니 죽기 살기로 감량할 필요가 없거든.”

W나베는 어디까지나 나에게 설명하는 말투였지만, 사실 의식적으로 화살을 돌린 것은 T이임이 틀림없었다. W나베는 T이와 동갑이다. 키는 173센티미터. 예전부터 W나베가 같은 카테고리 선수인 T이를 경쟁자로 여겨왔을 것은 불 보듯 훤했다.

내가 순간 숨을 멈춘 이유는 W나베가 굳이 “죽기 살기로 감량할 필요가 없거든”이라는 표현을 써서였다. 좀전의 체크에서 T이는 감량이 부족하다는 지적을 받았다. 좀 느리지 않아? 올해는 예년보다 체중을 늘렸으니 감량도 그만큼 힘들 거라고 처음부터 알았으면서. 오늘부터는 죽기 살기로 해. O시마의 날카로운 목소리가 떠올랐다.

그 도발적인 발언을 T이가 어떻게 받아들였는지는 알 수 없다. W나베가 말하기 전부터 T이는 우리를 등지고, 반쯤 열린 창으로 불어들어오는 빌딩풍을 맞고 있었다. 파우치에서 꺼낸 영양 보충제를 손바닥에 덜어 막 삼키려는 참이었다. 그 넓은 어깨는 이런 경우 침묵이 금이라는 것을 잘 알고 있었다.

다행히 T이에게 주의를 돌린 사람은 나뿐이었던 것 같다. W나베의 성과에 자극받은 선수들이 너나없이 하이퍼나이프에 관한 질문을 퍼부으며 시끌해졌기 때문이다.

나는 T이의 마음을 이해할 수 있었다. 하이퍼나이프고 뭐고, 그런 건 왠지 꼼수 같다. 가만히 누워 있는 것만으로도 지방세포가 작아진다니. 아무래도 찝찝해서 논리적으로 받아들이기 힘들다. 해외 교포라는 이유만으로 대학 입시를 통과한 동급생이나, 연줄로 입사한 상사, 부모의 정치 기반을 이어받은 2세 국회의원의 모습 등이 뇌리에 떠올랐다.

그렇다고 딱히 규칙 위반이 아니라는 점은 우리도 잘 알고 있었다. T이도 그랬기에 그 자리에선 아무 말 없이 넘어가려 했을게 틀림없다. 그러나 내가 T이에게 완전히 동의할 수 없었던 것은, 이런 것이 정도의 문제라는 것을 좋든 싫든 알아차렸기 때문이다. 나는 지금쯤 T이의 위장에 다다랐을 영양보충제가 무엇인지 알고 있었다. BCAA라고 하는, 몸 만들기에 특화된 필수 아미노산 영양보충제다. T이뿐 아니라 이 대회에 도전하는 선수는 거의 모두 먹고 있다. 나도 트레이닝을 할 때 빼놓지 않고 먹는다.

T이 씨, 이건 잘잘못을 가릴 수 없는, 정도의 문제예요. 그러니 당신도 현명하게 입을 다물었겠죠. 반세기 전의 보디빌딩 관점에서 본다면 하이퍼나이프든 영양보충제든 똑같다. 우리는 그저 스스로 수용 가능한 규칙에 충실할 뿐이다. 다른 사람이 그 규칙을 어겼다고 한들 내 알 바가 아닌 것이다. 우리는 자기 몸에만 집중하면 된다. 자칫 길을 잃지 않도록, 스스로 정한 규칙만 믿으면 된다, 지금까지 그래왔듯이.

"난 오늘부터 유산소 시간 늘릴 거야."

그후 탈의실에 둘만 남자 T이가 중얼거리듯 선언했다. 그나저나 대체 T이의 감량이 어디가 부족하다는 건지, 내 눈으로는 도무지 알 수가 없었다. "파이팅이에요"라고 대답하기도 주제넘은 것 같아서, 나는 무시하지 않았다는 것이 T이에게 전달되도록 고개를 몇 번 크게 끄덕거렸다. 가능하면 같이하고 싶었지만, 나는 감량이 지나치다는 주의를 받은 몸이다. 대회 당일까지는 부모가 돌아가셔도 뛰지 않을 것이다.

뜻밖에도 그때 내가 느낀 감정은 어렴풋한 질투였다. 그 원천은 처음으로 본 O시마의 분노였다. 좀 느리지 않아? 그렇다, 그 순간 나뿐만이 아니라 모두의 시간이 뚝 멈춰버렸다. O시마는 십 년째 사제관계인 T이에게는 거리낌없이 말한다. 나 같은 사람은 여전히 고객 취급이다. 나는 O시마에게 질타받는 T이를 시샘했다. 동시에, 그런 식으로 T이를 질타할 수 있는 O시마도.

그렇긴 하지만 둘의 관계에 나를 대입해보면 그 빼도 박도 못할 밀도를 도저히 견디지 못할 것 같은 기분이 들었다. 나는 그런 인간이다. 제2의 T이가 된 나의 모습은, 이미 내가 아닌 다른 누군가나 다름없었다.

나는 하이퍼나이프를 하지 않을 것이다. T이에 대한 충성심 때문이 아니라, 내 마음이 그렇게 결정했다는 걸 알았다. 전단지를 버리려 했는데 이미 누군가의 손에 넘어갔는지 찾을 수 없었다.

열흘 후 나는 다시 지난번과 같은 피부과를 찾았다. 귀 뚫은 곳을 체크하기 위해서가 아니라 필링을 하러 간 것이다. 일 년 내내 맨얼굴로 다니는 나지만, 대회 당일에는 당연히 다카라즈

카* 수준의 메이크업을 해야 한다. 화장이 '잘 먹는' 정도를 나는 태어나서 처음으로 신경쓰게 되었다.

보습과 제모로 얼굴이 정돈됨에 따라 모공에 자꾸 시선이 가는 것은 자연스러운 흐름이었다. 다행인지 불행인지, 인간은 현재에 만족하지 못하는 동물이다. 얼굴뿐 아니라 다른 곳에도 제모를 시작하기 전보다 확연히 털이 더 많이 나는 것처럼 보이는 게 실로 신기한 일이었다. 물론 정말로 그럴 리는 없고, 의식하는 정도가 달라졌을 뿐이다.

대회 당일은 N헬스장에서 주선한 전문 메이크업 아티스트가 와준다. 그냥 얌전히 앉아 있기만 하면 된다는 사실에 가슴을 쓸어내리는 한편, 남에게 얼굴을 맡기려니 또다른 걱정거리가 생겼다. 그 메이크업 아티스트가 내 얼굴 앞에 바짝 다가와 자못 프로다운 일별로 판단을 내린 후, 고개를 살짝 가로저으면서 몸을 일으키는 광경이 머릿속에 떠올랐다. 눈앞의 대형 거울에 멍하니 앉아 있는 내가 보인다. 원래부터 붉은 기가 도는 내 얼굴에는 오늘날까지 아무런 갈등 없이 공생해온 검은 모공들이 무수히 많았다. 세안하고 찜질하고 짜보기도 했지만 검게 자리잡

* 여성으로만 이루어진 일본의 가극단.

은 모공은 자유를 쟁취한 시민처럼 분방하게 퍼져 있었다.

이래선 좀 힘들겠어요. 메이크업 아티스트는 내가 아니라 E토를 돌아보며 말한다.

대회 출전, 포기?

아니, 그럴 순 없어.

필링, 정확히 말해 케미컬필링은 산성 약품을 얼굴 전체에 발라 오래된 각질을 제거하는 시술이다. 일주일에 한 번 정도가 적절하다는 상담을 받고, 나는 대회 전날까지 다 써버리겠다는 결단으로 5회권을 끊었다. 내 얼굴에 이렇게 돈을 쓰는 날이 올 줄이야. 카운터에서 카드로 결제하면서도 꼭 꿈속인 것처럼 실감이 나지 않았다.

필링은 E토가 권유한 것이 아니었다. 지난번에 자연스럽게 열린 친목 자리에서 얻은 정보를 바탕으로 스스로 내린 판단이었다. T이에게도 말하지 않았다. 앞으로도 말할 생각 없지만, T이가 알면 과연 어떻게 받아들일까. 필링도 편법인 걸까. 아니, 이건 근육하고는 관계없으니 편법은 아닌 걸까. 그런데 근육과 관계가 없다면, 이걸 하는 의미는 뭘까. 나는 시술대에 누워 하얀 형광등 불빛을 받으며 묵묵히 간호사가 오길 기다렸다.

뺨에 차가운 약품이 닿자 따끔거리는 자극이 느껴졌다. 나도 모르게 한쪽 무릎을 세운 자세로 증폭하는 얼얼함을 견뎌냈다. 무슨 일이 벌어지는지 확실하지는 않지만, 효과가 있다는 느낌은 든다. 이제 와서 새삼스럽게 이 필링과 니들제모를 병행해도 될지 불안해졌지만, 다른 방도가 없었다.

"자극이 너무 강하진 않나요?"

"아뇨, 괜찮아요."

"그럼 계속할게요."

입 대신 얼굴로 탄산수를 마신 듯한 기분으로, 나는 한 가지 불쾌한 기억을 떠올리고 말았다. 잊어버리지도 않고 자꾸 떠올리는 나 자신이 몹시 짜증스러웠다. 짜증스럽다기보다 바보 같다. 내 머릿속에는 얼마 전 동료가 했던 한마디가 계속 맴돌고 있었다. 여자들은 힘들겠어요.

대각선 맞은편 자리인 그 동료는 내가 정시에서 오 분이 지나 자리에서 일어서자 "U노 씨, 요즘 바쁜가보네요"라고 말을 건넸다. 막 퇴근하려는 사람에게 말을 걸다니 센스 없기 그지없지만, 그래도 나는 입 밖으로 나오려던 '수고하셨습니다'란 인사말을 꾹 누르고 동작을 일시 정지시켰다. 긍정도 부정도 할 생각이 없지만 무시하는 것도 아니라는 뜻을 전하기 위해 머쓱하게 "아닌데요"라고만 했다.

어쨌거나 나도 일개 회사원이다. 야근하는 동료들을 두고 먼저 퇴근하면서 전혀 눈치가 보이지 않을 리는 없다. 그러나 우리 부서에서는 업무를 개인별로 소화하기 때문에 미처 처리하지 못한 업무를 다른 사람에게 떠맡기는 일은 없었다. 업무를 각자의 재량으로 조절하고, 정시에 퇴근하고 싶으면 출근을 일찍 하거나 점심시간을 짧게 쓰거나 하는 식의 융통성을 발휘할 수 있는 직장이다. 그렇지 않다면 대회 준비를 시작하지도 못했을 것이다.

그런 상황이기에, 앞으로 몇시까지 야근을 할지는 몰라도, 그 동료가 나를 불러세웠을 때는 솔직히 '일 진짜 못하네'라고 생각했다. 야근수당을 받으려고 일부러 그러는 건지도 모르지만. 한편 그 동료 역시 일 년 전쯤부터 근무 방식을 바꾼 나를 두고 머리 쓸 줄 모른다고 생각할지도 몰랐다. 야근수당은 아끼지 않고 주는 회사였다.

"U노 씨, 요즘 바쁜가보네요. 좋은 일 있어요?"

"야, 그거 성희롱이야."

동료가 묻자 옆 부서의 다른 동료가 짓궂게 훼방을 놓았다. 둘 다 오후 다섯시부터 전원이 들어오는 체질인지, 술집 골목처럼 해가 저물기 시작해야 활기를 띠었다.

봐봐, U노 씨는 다이어트에 머리에 얼굴에 피부에, 신경써야 할 게 많잖아. 우리랑은 다르다고.

"여자들은 힘들겠어요"란 보나마나 그런 맥락에서 나온 말이었다. 그 분석에 내가 이렇다 할 코멘트를 해주지 않아서인지, 내가 방청하는 두 사람의 시시한 대화는 "여자들은 힘들겠어요"란 말로 교묘하게 봉합되었다.

나는 힘든가?

모르겠다.

다른 뜻 없이, 그 발언의 진의를 헤아려보려 했다. 평소에도 별생각 없어 보이는 사람이니 말 그대로 진심으로 '여자들은 힘들겠다'고 위로하는 것 같기도 하고, 딱하게 여기는 것 같기도 하고, 마음을 써주는 것 같기도 했다. 그러나 이런 때 쓸데없는 방향으로 내달리는 것이 나의 야생마 같은 전두엽이다. 안쓰럽다는 듯이 내뱉은 저 말에 혹시 우월감이 깃든 건 아닌지, 경멸하는 건 아닌지, 안도하는 건 아닌지. 아, 나는 남자라서 다행이다, 큰일날 뻔했다, 하며 웃고 있는 건 아닌지.

어찌됐든 내가 바쁘다는 건 사실이다. 저런 발언을 일일이 파고들어봐야 아무런 도움도 되지 않는다. 진의고 뭐고 따질 것도 없는데 괜히 말꼬리를 잡으면 동료 입장에서도 제법 성가시겠지. 저 동료의 악의는 나의 뒤틀린 상상의 산물에 지나지 않을 것이다. 과묵한 U노 씨는 그냥 인사만 하고 생쥐처럼 잽싸게 회사를 나섰다.

불과 한 시간 전쯤 일어난 일에 기분이 뒤숭숭해지자 갑자기 웨이트 트레이닝이 너무나 하고 싶어졌다. 이 얼굴 상태 그대로, 지금 당장이라도. 이런 때는 그래, 딱히 이유는 없지만, 랫풀다운이 좋겠다. 간토 평야를 뒤집을 기세로 혼신의 힘을 다해 바를 잡아당기고 싶다. 마지막 1회는 대놓고 반동을 이용해도 눈감아주기로 하자. 웨이트 트레이닝을 하고 싶었던 이유는 한창 집중할 때는 머릿속이 하얘지기 때문이다. 하면 할수록 강해지기 때문이다. 가장 자명한 형태로 나 자신이 강해지고, 쉽게 상처받지 않게 되기 때문이다.

온 얼굴에 바른 약품이 마스크팩처럼 굳은 채로 이십 분쯤 그대로 둔다고 해서, 나는 대기 상태가 되었다. 앞으로 몇 분이나 더 기다리면 끝날까. 약품을 눈꺼풀 위까지 발랐기 때문에 시간을 확인할 수 없었다.

삐삐삑 타이머가 울리자 간호사가 돌아와 약품을 닦아냈다. 이어서 마사지까지 받고 나자 내 뺨은, 우아, 무심코 자꾸 만져볼 정도로 탱탱해졌다. 너무나 극적인 변화에 이 탱탱함에 승부의 행방이 달려 있는 듯한 기분까지 들었다.

일주일 후 같은 시술을 예약한 후 밖으로 나왔다. 역을 향해 서둘러 걸어가는데 이번 일주일은 눈 깜짝할 새 지나가겠다는 예감이 들었다. 오늘 아침 나의 몸무게는 47킬로그램이었다. 일주일 후에도 47킬로그램을 유지해야 한다. O시마가 감량이 과하다고 지적했지만 나는 먹는 양을 늘리기가 두려워서, 저녁에 믹스너트를 조금 더 먹는 것만 빼면 이전과 거의 같은 식생활을 유지했다. 물론 안 될 일이지만 한번 극단까지 치달은 인간이 단기간에 균형 잡힌 상태로 돌아오기란 지난한 일이다. 대회까지 적어도 팔 주 정도가 남았기에 여기서 노선을 변경해 긴장을 늦췄다가는 걷잡을 수 없이 과식해버릴 것 같아 불안했다. 그럴 바에야 차라리 하던 대로 하기로 했다. 이 부분만은 O시마가 아니라 나 자신을 믿었다.

하물며 팔 주가 남았으면 근육량도 더 늘릴 수 있다. 1그램이라도 더 근육을 늘리는 것만 생각하자.

한 시간 후, 나는 레그익스텐션에서 헉헉거리며 씨름하고 있었다. 오늘은 하체, 특히 대퇴사두근의 날이다. 일반적으로 '앞허벅지'라고 하는, 벌크업과 세퍼레이션이 잘 보이는 이 부위는 중심의 대퇴직근뿐 아니라 주위의 광근들도 발달시켜야 한다. 수행할 종목 수가 자연스럽게 늘어나고 요구되는 기술도 어려워진다.

트레이니들은 하나같이 "하체 날이 가장 힘들다"라고 한다. 나도 그 말에 동의하는 사람이다. 그러나 우리는 절대 하체 트레이닝을 게을리하지 않는다. 이유인즉 극단적으로 말해 인간의 절반, 다시 말해 우리 존재의 2분의 1이 하체이기 때문이다. 그러므로 하체 트레이닝은 아무리 힘들어도 할 가치가 있다. 회사 일이나 다른 이유로 아무리 피곤해도, 하체 트레이닝의 중량을 낮춰서는 안 된다.

레그익스텐션은 앉은 상태로 수행하는 종목이지만, 나는 1세트 끝날 때마다 비틀비틀 일어나 앞허벅지를 공들여 스트레칭했다. 세트 사이의 휴식은 정확히 일 분이다. 거친 숨을 몰아쉬고, 멍하니 눈앞의 허공을 응시하고, 벽시계의 초침을 올려다보다가, 파일럿이라도 되는 양 자못 진지한 얼굴로 레그익스텐션 좌석으로 돌아간다.

그래, 여자들은 힘든가? 분명 그 말이 맞다. 하지만 네가 말하는 '힘들다'와 지금 나를 움직이게 하는 '힘들다'는 아마 다른 얘기일 거야.

포징 레슨은 5회로 나뉘어 실시되었다. 첫번째 레슨은 대회를 사십 일 앞둔 공휴일인 월요일이었다. 그날은 간토 지역에 한 곳 더 있는 N헬스장 지점에 모였다. 사방에 거울이 달린 스튜디오가 있기 때문이다. 이번에는 이쪽에서 원정을 간 셈이다.

포징 레슨은 대회 당일과 같은 의상을 갖추고 진행된다. 가방에 대충 담아온 비키니를 아마추어처럼 헤매며 입고 나니 한기가 돌았다. 결국 처음에 골랐던 남색 비키니 대신, E토의 조언에 따라 미러볼에 필적할 만큼 휘황찬란하게 빛나는 빨간색 비키니를 샀다. 가게 주인의 표현에 따르면 빨간색이 아니라 '히비스커스색'이었지만.

E토의 눈썰미는 과연 스테이징의 프로다웠다. 딴 세상 물건 같던 비키니는 막상 입어보니 나에게 잘 어울렸다. 등 근육을 가리지 않도록, 대회용 비키니는 탑을 고정하는 끈이 가슴 바로 뒤가 아니라 목과 허리를 두르는 구조로 되어 있다. 보텀은 물론 트라이앵글이다. 그렇지 않으면 고관절 쪽의 성과가 가려져버린다. 트라이앵글의 가파른 각도, 이른바 비키니라인은 『주간 플레이보이』의 화보 뺨쳤지만, 너무 낯선 탓에 오히려 부끄럽지도 않았다. 건강검진에서 상반신을 벗는다고 딱히 부끄럽지 않은 것처럼, 원래 이런 거겠지 하는 심정으로 꾸벅 인사하면서, 혹시 비어져나온 음모가 없을까 하는 것만 유일하게 신경이 쓰였다.

그러나 단기 집중 제모 과정을 거친 가랑이에는 더이상 비어져 나올 것도 없었다.

맨발로 찰싹찰싹 소리를 내며 스튜디오에 들어서자 "U노 씨, 멋있다!" 하며 몇몇 선수가 비키니 차림을 칭찬해주었다. 빈말이 아니라 정말로 깜짝 놀란 말투로 느껴졌다. 자만심이 너무 과한 걸까. 부끄러워서 움츠러드는 동시에 나 자신이 한층 커진 느낌이 들었다.

생수병과 하이힐을 스튜디오 구석에 내려놓고 거울 앞에 섰다. 그러자 마치 딴사람처럼 가무잡잡하고 탄탄한 몸이 눈앞에 보였다. 여기 와서야 비로소 내 몸의 변화를 확연하게 알 수 있었다. 역시 같은 알몸이라도 목욕탕에서 무방비하게 벗었을 때와, 남에게 보여주려는 의욕이 차고 넘치는 화려한 비키니를 착용했을 때는 인상이 완전히 달랐다. 복근이 장기판처럼 멋지게 갈라져 있다. 단련 방식과 상관없이 복근 윤곽에는 사람마다 타고난 개성이 뚜렷이 드러나는데, 체지방률이 14퍼센트 선을 끊자 내 복근이 필요 이상으로 잘생겼다는 걸 알게 되었다. 배빗근도 좀 진정하라고 말리고 싶을 정도로 두드러졌다. 게다가 얼굴은 그대로 거울을 본 채 몸만 옆으로 비틀자 삼각근에도 근사한 근육이 드러났다. 몸의 주인을 흠칫 놀라게 하면서, 마치 처음부터 있었다는 듯한 존재감을 과시했다.

이것이 나의 모습이라고 선뜻 받아들이기가 어려웠다. 제 몸에 넋을 잃는다는 것이 부끄럽기도 했지만, 나는 황홀경에 빠져 거울에서 좀처럼 눈을 뗄 수 없었다. 내 몸을 아름답다고 느끼고, 더 나아가 좋아하게 된 것은 거의 태어나서 처음이었다. 평소에는 좀처럼 의식하지 못하던 자기애가 이런 걸까. 근육세포의 파괴와 재생을 수없이 되풀이하는 것, 다시 말해 웨이트 트레이닝이라는 수단을 통해, 그것은 홀연히 내 앞에 모습을 드러냈다.

이기고 싶다.

이 몸으로 이기고 싶다.

나는 문득 투쟁심에 사로잡혔다. 지금까지는 이번이 처음이니 대회에 나가는 것 자체에 의의가 있다고 소극적으로 생각했는데, 자연스럽게 그 이상을 원하게 된 것이다. 그런 마음이 든 것은 이 몸이라면 이길 수 있다는, 미래를 보고 온 사람 같은 확신이 용솟음쳤기 때문이다. 우두커니 서 있는 나의 가슴은 아무도 모르게 활활 타올랐다. 혹시 이 히비스커스색 비키니가 일으킨 색채 효과일까.

그러나 레슨이 시작되자 한껏 달아올랐던 기분은 순식간에 날아가버렸다.

"오늘은 첫 시간이니까 기본 중의 기본, 워킹을 철저하게 익힐 거예요. 개별 포즈 지도는 다음 시간부터 합니다."

E토가 소리 높여 선언했다.

나를 좌절케 한 것은 길게 말할 것도 없이 하이힐이었다. 그렇다, 운동화와 비치샌들밖에 모르던 다리에 그것은 이물 외의 그 무엇도 아니었다. 이물, 아니, 괴물. 십오 분만 신고 있어도 엄지발가락 뿌리가 비명을 질렀고, 너무 아파서 벗지도 못하는 상태가 되었다.

아닌 게 아니라 하이힐은 마법처럼 다리를 실제보다 세 배는 예뻐 보이게 했다. BB대회 출전에는 하이힐 착용이 필수인데, 실은 굽 높이에도 '12센티미터 이하'라는 규정이 있다. 또한 상한은 있어도 하한은 없기 때문에, 극단적으로 해석하면 높이 1밀리미터 하이힐로 출전해도 상관은 없다. 그러나 물론 1밀리미터짜리 하이힐로 실전에 나서는 선수는 없으니, 그 규정이 의미하는 바는 역시 굽이 높으면 높을수록 승리에 가까워진다는 것이리라. 굳이 상한을 정해놓은 것은 굽 높이란 초고층 빌딩처럼 한없이 높은 곳을 추구하는 법이고, 그러다보면 승부의 중심이 굽 높이에 달리게 될 우려가 있으며, 그것은 BB대회의 의도와 어긋나기 때문이다. 하지만 굽 높이와 다리의 비주얼에 상관관계가 있는 한, 어느 선수든 약속한 듯이 12센티미터 하이힐을 고른다. 지금 내 다리 끝에 있는 두 마리 괴물도 당연히 12센티미터다.

구십 분 동안 우리는 워킹에 전념했다. 스튜디오를 끝에서 끝까지 수십 번 왕복했다. 상황은 전혀 다르지만 셔틀런*이라는 체력 측정 방식이 떠올랐다.

E토의 손바닥이 생각보다 큰 소리로 맞부딪히며 일정한 박자를 맞춰주었다. 고개 들고. 가슴 펴. 허리 너무 젖혔어. 보폭이 좁아. 평소에는 단아한 말투의 E토지만 레슨을 시작하자마자 목소리가 한 옥타브 낮아졌다. 나는 잇따라 날아오는 E토의 호통을 따라잡기도 버거웠다. 그러나 E토에게 집중하는 한편, 머리의 절반 정도로는 제발 발목만 삐지 않게 해달라고 하늘에 간절히 기도했다.

"U노 씨는 상반신에 좀더 힘을 빼야겠어. 하반신만 탄탄하면 돼."

E토가 몸소 시범을 보여주자 모든 참가자가 숨을 멈추었다. 그야말로 무대 워킹을 위해 태어난 것 같은 몸놀림이었다. 걸음걸이만으로 자리의 분위기를 확 바꿔놓는 E토는 의심의 여지 없는

---

* 일정 거리를 체력이 바닥날 때까지 계속 왕복하며 달리는 운동.

프로였다. 대회 경력이 긴 선수들과 비교해도 하늘과 땅 차이다.

사실 무대 워킹에서 가장 어려운 부분은 팔 동작이다. 상급자도 주의하지 않으면 뻣뻣해지기 일쑤다. 하긴 넘어지지 않는 데에 거의 모든 신경을 집중하고 있는 나에게 팔 동작 운운할 자격은 없지만, 그래도 그것이 포징의 핵심이라는 건 알 수 있었다.

이 대회에서는 우선 무대 끝에서 등장해 정해진 위치로 가고, 그 자리에서 걸음을 멈출 때 표현 하나가 필요하다. 무슨 말인가 하면, 선수들은 심사위원 쪽으로 돌아설 때 오른쪽 방향으로 90도 회전하는데(쿼터 턴이라고 한다), 그때 아무 생각 없이 휙 돌면 안 되고 팔을 '허공에 날아오르는 꽃잎처럼' 가볍게 펼쳤다가 '꽃잎에 내려앉는 나비처럼' 사뿐히 내려야 한다. 이 일련의 동작은 턴과 물 흐르듯 연동해야 진가를 발휘한다.

이 부분에서 나는 엄청나게 지적을 당했다. 걸음걸이가 불안해서 팔에 집중할 수 없었던 탓도 있지만, 아무리 노력해도 동작이 뻣뻣했기 때문이다. 대회중에는 손가락도 항상 '여성스럽게' 끝까지 곧게 펴줘야 하는데, 턴은커녕 그것조차 만족스럽게 해내지 못했다. E토가 "평소에 여성스러움을 의식하지 않으니까" 그렇다고 분석했는데, 과연 그럴까. T이를 힐끗 보니 평소에는 나 이상으로 트레이닝에만 집중하는 것 같더니 여느 때와 달리

우아하게 움직이고 있었다. 하긴 T이는 대회 경력이 길고 성과도 거둔 선수이니 당연하다면 당연한 일이다.

결국 내가 벌렁 나자빠진 것은 레슨을 시작한 지 한 시간이 지나서였다.

다행히 발목은 아무 문제 없었다. 단지 익숙하지 않은 탓에 발뒤꿈치가 미끄러졌을 뿐이다. 엉덩방아를 찧었을 때는 충격보다 부끄러움이 앞섰다. 옆의 선수가 손을 내밀어 일으켜주었다. 꽤 놀랐는지 한동안 발목이 불안정하게 휘청거려서 한 발 한 발 조심스럽게 내디뎠다. 갓 태어난 아기 사슴이 된 기분이었다.

레슨이 끝난 후, 아니나 다를까 나는 E토에게 불려갔다.

E토는 입을 열자마자 하이힐을 잘 소화하는 것도 중요한 심사요소라고 말했다. 그리고 지금 상태로는 도저히 자신 있게 실전에 임할 수 없을 거라고도.

"무대에서 넘어져도 상관없어. 나도 대회에서 넘어진 적 있거든. 중요한 건 안 넘어지는 게 아니라, 자신 있게 무대에 오르는 거야."

그러려면 하이힐을 자기 몸의 일부로 만들어야 해. U노 씨 다리의 일부로 만들어야 하는 거야.

"오늘부터 최소한 하루에 한 시간은 신고 다니도록 해. 하이힐에 익숙해지는 게 먼저니까."

E토의 말에서는 열기가 느껴졌다. 나에게 기대를 걸고 있는 것이다. E토의 기대는 O시마의 기대이기도 하다. 나는 다음 레슨 때까지 개선하겠다고 맹세했다. 그 기대에 부응하고 싶은만큼, 나의 쓸모없는 다리가 너무나 한심스러웠다. 하긴 쓸모없는 것은 다리만이 아니다. 팔도 손가락도 마찬가지다.

집으로 가는 길에 밖에서 신고 다닐 하이힐을 샀다. 물론 높이는 12센티미터다. 계산 후에 바로 가격표를 떼고 신고 나왔다. 또각또각 소리 내어 역 앞을 걸어가면서, 하이힐은 자전거 같은 거라며 나를 격려해주던 T이를 떠올렸다. 잘 탈 때까지 약간의 훈련이 필요하지만, 한번 몸에 익으면 그뒤로는 저절로 움직여진다.

다음날부터는 현관에서 하이힐을 신고 집을 나섰다. 회사 근처 역까지 가서 평소처럼 검은색 로퍼처럼 생긴 운동화로 갈아신었다. 하이힐을 신은 채 출근하지 않은 것은 당연히 주위 반응이 예상되어서다. 아니, 그보다 동료 앞에서 나자빠지는 비극을 피하기 위해서란 이유가 컸다.

일주일 후. 역 플랫폼에서 슬쩍 하이힐을 벗어 ABC마트 봉투에 넣는데, 불현듯 그 말이 뇌리를 스쳤다.

여자들은 힘들겠어요.

안 돼, 생각하지 마.

고개를 번쩍 들고, 계단을 뛰어올라갔다.

두번째 레슨일은 대회 한 달 전이었다.

나는 지난번에는 없던 아우라를 발하고 있었다.

첫째로, 하이힐과 화해했다. 출퇴근 때 신는 구두 말고도 집에서 실내용 하이힐을 신고 생활한 것이다. 아마존에서 가구 미끄럼 방지용 고무패킹을 사서 굽 밑에 순간접착제로 붙였다. 그러지 않았으면 아래층에서 "발소리가 시끄럽다"라고 항의하거나 집주인이 거액의 마룻바닥 수리비를 청구했을 게 틀림없다. 그렇게 자나 깨나 하이힐과 살았다. 파란불이 깜빡이길래 반사적으로 뛰어나갔는데, 다 건너고 나서 속도를 줄이고 보니 하이힐을 신고 있었다. 그게 있었던 일이다. 내 다리가 그만한 성장을 이뤄낸 것이다. 다행히 발목에도 이상이 없었다.

그리고 집요한 동영상 연구. 원래 있던 불면증이 이미 불면증을 넘어 확고한 생활 리듬으로 자리잡아버렸다. 밤이면 밤마다 나는 지난 BB대회의 동영상을 보았다. 데이터 요금을 걱정하면서도 의식이 흐려질 때까지 수없이 재생하다보니, 꿈속에서도 유튜브 광고가 너무 많다는 불평을 하고 있었다. BB대회 동영상은 첫번째 레슨 전에도 가끔 찾아서 보았지만, 실제로 포징을 해보니 같은 영상을 봐도 시각이 완전히 달라졌다. 역시 뭐가 됐든 최고의 학습법은 실천이다.

그런 상태에서 도전한 두번째 레슨, 내 눈은 약간 충혈되어 있었다. 왼쪽 눈꺼풀이 이따금 실룩거리며 경련하는 지경이었다.

그날 나의 신경은 손끝 발끝을 지나 1센티미터 앞까지 닿아 있었다.

"릴랙스 포즈."

MC 역할을 맡은 E토가 실전에서 하는 것과 똑같이 규정 포즈를 지시했다.

"프런트 더블 바이셉스."

오른쪽 다리를 한 발 앞으로 디딘 후, 양팔을 안쪽부터 크게 회전시키며 위팔에 한껏 힘을 주었다. 귀 높이까지 팔을 들어올리고, 그대로 팔꿈치를 60도 정도 구부린다. 이때 주먹을 쥔 손을 그대로 유지해야 더 버티기 쉬운데, 그렇게 만사 내 마음대로 잘될 리가 없다. 포즈를 취할 때는 '꽃이 피듯이' 손을 활짝 펼치고 손가락을 쭉 뻗어서 손등을 심사위원 쪽으로 돌리는 것이 철칙이다. 이때 '우아함'을 돋보이게 하기 위해 대회 당일에는 네

일아트도 받는다.

나는 미동도 없는 거리의 공연자가 된 기분으로 얕은 호흡을 되풀이했다. 팔이 아프면 한순간 힘을 뺐다가 다시 주었다. 그러나 이 방법은 실전에서는 최대한 쓰지 않는 게 좋다.

"사이드 체스트."

오른쪽으로 90도 돌아서 허리부터 엉덩이까지 S자가 강조된 상태로 하반신을 고정한 후, 양손을 포개고 팔을 앞으로 쭉 뻗었다. 그러자 "U노 씨, 동작이 너무 빨라!"라는 E토의 지적이 날아왔다. 정면으로 돌아왔다가 처음부터 천천히 다시 했다. 비단 이 포즈만이 아니고, 자꾸 조급하게 움직이는 것이 나의 안 좋은 버릇이었다. 팔을 규정 위치까지 최단 루트로 가져오는 게 아니라 어깨를 크게 돌리며 여유롭게 우회하는 것이 무대에서의 관례다. 동작이 크면 그만큼 심사위원에게 어필이 된다. 조금 늦게 포즈를 취하고 나니 옆 선수에게 "턱 너무 들었어!"라는 지적이 날아왔다. 엉겁결에 턱을 낮추자, "U노 씨는 그대로!"

"백 더블 바이셉스."

다시 오른쪽으로 턴하고, 뒤로 늘어뜨린 머리를 약간 과장된 몸짓으로 오른쪽 어깨 앞으로 가져왔다. 벌써 일 년 가까이 기른 머리카락이 견갑골 위에서 찰랑거렸다. 그렇다, 이 계획은 발기회보다 훨씬 전, N헬스장에 가입했을 때부터 시작된 것이다. 모든 것이 이 백 더블 바이셉스를 위해서였다.

말할 필요도 없이 심사 대상은 어디까지나 등 근육이다. 머리 길이는 관계없다. 그러나 같은 근육이라도 돌아선 순간 바로 보이는 것보다는 머리를 발처럼 걷어내면서 드러나는 경우가 더 돋보이곤 한다. 물론 그런 인상을 주는 정도일 뿐이고, 승부에 큰 영향을 미치지도 않는데다, 나도 처음 설명을 들었을 때는 '?'이라는 심정만 가득했지만, 그래도 인간의 감각을 고려한 전술이긴 했다. 실제로 외국에는 머리가 긴 선수가 대다수다. 이렇게 '긴 머리를 앞으로 가져오는' 동작이 세계적으로 매력적이라고 인지되고 있기에 생겨난 경향이라고 할 수 있다. 머리카락을 앞으로 가져오는 부수적인 동작도 궁극에 달하면 어필의 일환이 될 수 있는 것이다. 쉽게 말해 똑같이 알몸이 되더라도, 똑같은 선물을 주더라도, 잠깐 가렸다가 보여주는 쪽이 인간의 마음을 더 움직이는 것이다.

특히 헤어스타일에 관해서는 E토와 한차례 논쟁이 있었다. E토는 젊을 때는 머릿결에 탄력이 있으니 긴 머리가 무기가 된다고 말했다. 무기는 일단 갖추고 보는 게 최고다. 만약 내 등에서 다른 선수들을 압도할 만한 벌크업과 커팅이 보인다면 어쩌면 나는 머리를 기르지 않았을지도 모른다. 그러나 내게 등은 오히려 약점이었다. 그래서 지푸라기 붙잡는 심정까지는 아니어도, 조금이라도 상황이 유리해진다면 머리카락 정도는 길러보자고 마음먹었다. 참고로 긴 머리로 참가할 때 푸석푸석한 머릿결은 의미가 없는 정도를 넘어 오히려 역효과다. 욕실의 샴푸와 린스가 근처 마트에서 파는 제일 싼 제품에서 어느새 비달 사순으로 바뀌어 있었다.

등 포즈는 자기 눈에 보이지 않기 때문에 한층 어렵다. 첫 출전인 경우, 등 근육을 의식적으로 움직이는 것이 가장 큰 난관이다. 삼십 초쯤 지나자 상체가 미세하게 떨리기 시작했다. 힘주는 방법을 아직 완벽히 소화하지 못했기 때문이다.

"사이드 트라이셉스."

마지막 규정 포즈를 끝내자 익숙하지 않은 것과 분투한 끝에 밀려오는 아찔한 현기증이 들었다. 반쯤 정신을 놓은 상태로 다시 정면을 바라보았다. 정적 속에서 오 초가 흐른 후, 좋아요, 끝! 나란히 늘어선 열두 명이 깊은숨을 몰아쉬었다. 오 분의 휴식을 섞어가면서 똑같은 연습을 10회 반복했다.

오로지 넘어지는 공포에 사로잡혔던 첫번째와 달리 두번째 레슨에서는 불가피하게 내 몸의 완성도를 마주하게 되었다. 움직이는 시간보다 정지해 있는 시간이 압도적으로 많기 때문이다. 가만히 포즈를 취하고 있으면 눈을 뜨고 있는 한 어느 방향에서나 내 모습이 비쳤다.

그날 나는 역시 타고난 체격은 무대에서 다른 무엇보다 돋보이는 요소임을 깨달았다. 그날의 참가자 중 가장 키가 작은 선수는 나였다. 체급이 다르기 때문에 대회 당일 같은 무대에서 경쟁하지는 않지만, 키 큰 선수 옆에 서니 한결 빈약해 보였다.

인간의 눈은 일단 큰 것부터 포착한다. 제아무리 내 단련 방식이 뛰어나다 해도 인간의 눈이 가장 먼저 향하는 것은 크기가 큰 쪽이다. 원래 보디빌딩이라는 대회 자체가 '커지는 것'을 출발점으로 삼은 것이다. 근육을 단련하는 것은 실은 커지기 위한 수단 중 하나라고 말할 수도 있다. 따라서 선천적으로 몸이 큰 것은 모든 걸 이길 수 있는 무기, 어드밴티지였다. 하긴 그렇기 때문에 신장별로 체급이 나뉘는 것일 테다.

깨달음에 한 방 얻어맞은 기분이었지만, 이런 문제로 오래 고민해봐야 시간낭비일 뿐이다. 옆에 선 선수가 어떻든 나는 내 근육을 어필해야 한다. 사랑하든 사랑하지 않든 가진 거라곤 이것뿐이니, 이 몸으로 경쟁하는 수밖에. 나는 충혈된 눈을 깜빡이며, 거울에 비친 내 모습을 심사위원이 된 심정으로 응시했다.

다음날 나는 부모님 집에 갔다.

부모님 집도 같은 간토 지역이라 마음만 먹으면 언제든 갈 수 있는 거리다. 남동생이 결혼해서, 늦게나마 가족끼리 얼굴을 보자며 나도 불러낸 것이다. 내키지 않지만 인사나 하고 올 생각으로 N헬스장에서 운동을 끝내고 곧장 전철을 탔다.

따로 와서 모이기로 한 중화요릿집에 도착해 별 탈 없이 다섯이서 식사를 마치고 막 헤어지려는 순간, 엄마가 쓸데없이 "집에서 후식으로 홍차라도 마실까?"라는 소리를 했다. 나는 비난 섞인 눈길을 보냈지만 남동생의 아내, 즉 올케가 "정말요? 홍차 좋죠" 하며 곧바로 참석 의사를 밝혔다. 입장상 그렇게 대답할 수밖에 없었을 것이다. 고양이가 있는데, 동물 좋아하나 모르겠네? 네, 고양이 엄청 좋아해요. 그나저나 우리집에 홍차 같은 게 있긴 한가.

예상대로 집에 홍차 같은 건 키우지 않기 때문에, 나는 식당 앞에서 따로 엄마에게 불려갔다.

"홍차도 없으면서 뭐하러 가자고 해?"

"그게, 아주 야무지고 괜찮은 사람 아니니? 그냥 보내려니 좀 미안하더라고."

무심코 허영을 부려버린 모양이다.

"녹차는 있지? 그거면 되지 않아?"

"아니지, 그건 좀."

엄마는 살짝 흥분한 눈치였다.

"저런 아가씨한테는 제대로 된 홍차랑 그에 어울리는 과자를 내줘야지. 미안해, 엄마가 미처 준비를 못했어. 저렇게 괜찮은 사람일 줄 몰랐거든. 내 딸이 이렇다보니 그럴 일이 없어서."

마지막 한마디는 정말이지 쓸데없었지만, 이 상황에서는 협력해야겠다 싶었다. 극비 지령을 받은 나는 네 사람이 세이부백화점의 패션 층을 산책하는 동안 혼자 지하 1층 식품 매장으로 내려가 고급 홍차를 조달했다. 문득 걱정이 돼서 4인용 찻잔 세트도 같이 샀다. 과자는 요쿠모쿠 쿠키. 정말이지 이렇게 착한 딸이 또 있을까.

지시대로 한발 앞서 집에 도착한 나는 말끔하게 정돈된 상태에 일단 안도하고, 엄마가 원하는 '식후의 홍차'를 실현하기 위해 부엌을 분주히 돌아다녔다. 걱정과 달리 제법 괜찮아 보이는 찻잔 세트가 이미 있었다. 페브리즈를 사방에 마구 뿌렸다. 삼십분쯤 지나 네 사람이 도착하자 나는 반려묘 두 마리를 마중나가라고 내보내고, 전투 시작을 알리듯이 테팔 전기주전자의 전원을 켰다.

십 분 후, 타이밍 절묘하게 홍차와 과자가 준비되었다. 엄마는 고양이 두 마리를 쓰다듬으며 올케에게 소개했다. 소개라는 이름의 자랑에 가까웠지만, 엄마는 품종이고 뭐고 없는 그 고양이들을 무척 사랑했다. 나는 열심히 맞장구를 치고 종종 질문도 하는 올케를 마음속으로 응원하면서도 그 대화에는 굳이 끼지 않았다. 의외로 맛있는 홍차를 말없이 홀짝거리다가, 고급스러운 정사각형 캔에서 다섯 팩을 꺼내서 주머니에 슬쩍했다. 아빠와 남동생은 와작와작 소리 내며 맛있게 요쿠모쿠를 먹었다.

약간 드라마틱한 전개가 펼쳐진 것은, 그렇게 다섯이서 명목상으로는 편한 휴식을 취하던 중 아빠가 별생각 없이 텔레비전을 켰기 때문이다. 휴일 오후 세시, 그 민영방송 채널에서는 다름아닌 보디빌딩 특집을 내보내고 있었다. 큰 도시에서는 몇 년 전부터 웨이트 트레이닝이 유행했고, 그건 나도 익히 알고 있었다. 사실 나도 반쯤은 그 유행을 따라 G헬스장에 가입했던 거니까.

텔레비전에서는 한 선수를 밀착 취재한 내용을 방송중이었고, 나는 자연히 화면으로 빨려들어갔다. 이어서 다른 여자 선수가 나왔는데, 직접 만난 적은 없어도 알고 있던 선수라 내 눈은 완전히 화면에 못박히고 말았다.

"너도 요즘 저런 운동 하는 거지?"

난데없는 질문에 흠칫 놀라 아빠에게 고개를 돌렸다. 이것참, 내 근황까지 대화 소재로 꺼낼 정도면 이 자리도 이만 끝내는 게 낫지 않나. 그러나 올케 앞이라 나는 순순히 "하죠"라고만 대답했다.

"대단해요, 형님. 엄청 날씬하세요. 스키니도 잘 어울리고, 허리도 가늘고, 너무 부러워요. 저는 웨이트 트레이닝은 절대 못할 거 같아요."

생각해보면 애초부터 올케에게 가장 장벽이 높았던 대상은 다름아닌 나였을 것이다. 중화요릿집에서도 동석만 했을 뿐 거의 말을 하지 않았고, 동생이 큰맘 먹고 대접하는 음식이 원반 위에서 빙글빙글 돌아가는데도 고집스럽게 보리차와 청경채만 입에 넣었으니까. 동생 부부의 눈에는 상당히 희한한 젓가락 궤도였을 게 틀림없다.

부모님은 나의 금욕적인 식생활을 알고는 있었지만 '저 녀석 다이어트하는구나' 정도로 받아들일 뿐이었다. 나아가 머리를 기르는 것은 남자친구가 생겨서라고 해석했다. 피부가 탄 것은 그 남자친구가 서퍼이기 때문이다. 가족에게는 대회에 나간다는 얘기를 하지 않았다.

"아뇨, 그냥 시간 날 때 헬스장 다니는 게 다예요."

나는 올케에게 전혀 적의가 없음을 표명하기 위해 우호적인 미소로 대답했다. 여기서 엄마가 또 쓸데없는 한마디를 꺼내지만 않았어도 나는 끝까지 건강하고 긍정적인 시누이로 남을 수 있었는데.

"아이고, 저게 뭐냐. 너도 저렇게 울룩불룩해지는 건 아니지?"

엄마의 시선 끝을 따라가보니 텔레비전에 대회 현장의 광경이 비치고 있었다. 나란히 서서 탄탄한 구릿빛 몸을 과시하는 선수들. 결승 무대인지 다들 심상치 않은 근육의 소유자들이었다.

내 가슴에 먹구름이 몰려온 것은 이때였다. 요쿠모쿠를 입안 가득 넣고 맛있게 먹고 있는 엄마를 돌아본 순간 입이 제멋대로 열리고 말았다. 나도 사람의 자식이다. 감량중이라 먹고 싶은 걸 마음대로 먹지 못해 은근히 불만이 쌓였는지도 모른다. 이 모임 때문에 대회 직전의 귀중한 휴일이 희생되어 짜증이 났는지도 모른다. 아니, 어쩌면 텔레비전 화면에 비친 파이널리스트들의 완성도와 무대 위에서의 당당한 태도에 내심 초조해져서 안절부절못하게 됐는지도 모른다.

"저게 뭐냐니, 무슨 뜻이야?"

엄마에게서 눈길을 돌린 후 나는 더는 마시지 않을 작정으로 홍차 잔을 받침에 조용히 내려놓았다.

“뭐긴, 여자가 저렇게까지 근육을 키우면 이상하잖아.”

“뭐가? 하나도 안 이상한데.”

“저렇게 울룩불룩한데? R에 씨, 어떻게 생각해?”

어라, 제3자를 개입시켰겠다? 엄마는 나와의 논쟁이 쉽게 결론나지 않을 거라 빠르게 내다보고는 망설임 없이 올케를 끌어들였다. 감탄이 나오는 정치적 수완이다. 엄마나 나나 처음 보는 올케에게 자기 의견을 강요할 수는 없다. 따라서 이 논쟁의 결말은 오직 올케에게 맡겨진 셈이었다. 한편 올케 입장에서는 이루 말할 수 없이 난처한 사태일 게 틀림없었다.

아, 왜들 이래, 난 아무려나 상관없거든. 역시 가족을 만나는 건 피곤해. 곤란한 듯이 웃고만 있는 올케는 아마도 그런 심정이었으리라. 한편 올케의 남편은, 신혼이고 하니 “아이참, 엄마랑 누나끼리 싸우면서 R에를 끌어들이지 마” 정도로는 거들어줬으면 싶은데, 구조선을 띄울 생각도 없이 구경만 하고 있었다.

“으음, 저는 그냥 멋있어요. 그렇지만 제가 어머님 입장인데 형님이 저렇게 울룩불룩해진다고 하면, 조금 놀랍긴 하겠네요.”

아니, 이미 저렇게 울룩불룩한데요. 나는 줄타기 곡예처럼 중

립적인 올케의 코멘트에 감탄하면서 이만 자리를 뜰 때임을 깨달았다.

그러나 이 자리의 네 사람이 큼직한 파카에 감싸인 내 몸의 실태를 파악하지 못한 것은 당연한 일이었다. 애초에 지금 화면 속 파이널리스트들이 무대에서 저토록 빛나는 것은 비일상적인 대회용 비키니를 착용하고 있기 때문이고, 나오기 직전 온몸에 보디오일을 발랐기 때문이며, 무대 뒤에서 노도와도 같은 펌핑(맨손운동 등으로 근육을 일시적으로 크게 부풀리는 것)을 끝낸 직후이기 때문이다. 그에 더해 무대 조명과 수십 대의 카메라에서 쉴새없이 터지는 플래시 세례도 선수들의 몸을 훨씬 돋보이게 한다.

잊지 말아야 할 점은, 저 선수들의 절반 정도는 대회가 끝난 후 보통 사람들처럼 전철을 타고 귀가한다는 것이다. 그리고 그 모습은 한여름이 아니고서야, 한번 봐서는 알아차리지 못할 정도로 평범하기 그지없다. 포징 레슨을 마치고 집에 오는 전철 좌석에 오도카니 앉아 있던 T이의 모습이 떠올랐다. 키가 큰 T이 역시 바깥세상의 풍파에 섞여버리면 곧장 보통 사람이 되어버렸다.

체격에 트레이닝의 성과가 뚜렷하게 나타나는 남자 선수와 달리 여자 선수의 몸은 일반적으로 그리 쉽게 커지지 않는다. 저런 톱클래스 선수들 역시 비키니나 반소매처럼 노출 면적이 큰 복장을 해야 비로소 나날의 트레이닝 성과가 눈에 띄며, 소매만 조금 길어져도 아무도 모른다. 올케의 말처럼 기껏해야 실루엣이 '날씬한' 정도다. 좋은 의미에서든 나쁜 의미에서든, 여자 선수의 육체 개조는 녹록지 않다.

제가 어머님 입장인데 형님이 저렇게 울룩불룩해진다고 하면, 조금 놀랍긴 하겠네요.

"그치? 이애는 한번 뭘 결심하면 오로지 그것밖에 몰라. 옛날부터 그랬어. 참 걱정이야."

나는 이름이 불린 졸업생 대표처럼 벌떡 일어나 의자 등받이에 걸어뒀던 얇은 다운재킷을 걸쳤다. 참고로 10월 중순치고 옷이 두꺼운 이유는 몸이 차가워지지 않게 하기 위해서다. 혈액순환이 나빠지면 트레이닝 효율이 떨어지고, 회복 속도도 더뎌진다. 원래도 나는 혈관이 가는 편이다.

결국 나는 부르짖었다.

"저기요, 운동이라곤 하나도 안 하는 엄마는 잘 모르겠지만, 저렇게 되고 싶어도 쉽게 되는 게 아니라고!"

자신 있으면 해보시든가!

아니, 화난 포인트가 그거야? 네 사람은 입을 딱 벌렸다. 강 건

너 불구경이던 아빠와 동생도 깜짝 놀라 텔레비전에서 시선을 돌렸다. 나의 분노는 매일같이 볼 수 있는 게 아닌만큼 상당히 박력이 있었다.

그 자리의 분위기만 봐서는 밥상, 아니, 니토리* 탁자를 엎어도 됐겠지만 내게는 그런 파괴 충동이 없었다. 지퍼를 턱까지 올린 후, "간다" 하고는 자객처럼 비장하게 자리를 떴다.

어마마마, 걱정하실 필요 없습니다.

아니, 의견을 내실 필요 없습니다.

올케의 아연실색한 표정.

뭐 이런 시누이가 다 있을까?

승강장으로 내려가자 때마침 상행 전철이 고립무원의 나를 마중나온 듯 절묘한 타이밍으로 도착했다. 텅텅 비어 있었지만 앉을 마음이 나지 않아 사춘기 아이처럼 문 옆에 서서 흘러가는 바깥풍경을 바라보았다.

하긴 이렇게 사소한 실랑이는 하루이틀의 일이 아니다. 이 다음에는 설날에 가야 할 텐데, 어쩌지? 이번 설에는 올케도 올까. 차라리 넷이서 연말 여행으로 하와이 같은 데라도 가면 안 될까.

---

* 일본의 생활 가구 브랜드.

동생이 이 누나의 존재를 좋은 계기로 삼아 부부 사이를 돈독히 하기를 바랄 뿐이다.

나는 여전히 화가 나 있었다. 이렇게 화가 나는 게 대체 얼마 만일까. 나도 내가 화났다는 것이 신기해서 왠지 즐겁기까지 했다. 화를 낸다는 형태로 내 생각을 표명한 일이 이상하게 유쾌했던 것이다.

화를 내는 것이 뭔가를 지키기 위해서라면, 그건 행복한 일이다. 지금까지도 나의 도전을 부정당하거나 무시당한 적은 있지만, 이번처럼 분노로 이어지지는 않았었다. 이번 일로, 생각지 못하게 뜨거워진 내 마음을 통해, BB대회를 향한 이 도전이 내게 얼마나 소중한 의미인지 깨달음을 얻은 심경이었다.

아무래도 서른을 앞두고 드디어 나도 내 세계라는 것을 확립해나가는 모양이다. 앞에 있는 목표가 행복한 가정 꾸리기 같은 것이 아니라 세상 사람들 눈에는 낯설고 괴상하게 보이는 대회일지라도. 그 세계를 한 발짝이라도 침범당하면, 나는 분노하는 것이다.

서서히 늘어나는 고층빌딩 수를 헤아리며 환승역까지 가는 십 분 동안 나는 불꽃같던 기분을 음미했다. 식어가는 것이 아쉬웠다.

대회까지 앞으로 일주일.

포징 레슨도 네번째에 접어드니 나도 그럭저럭 선수다워졌다. 레슨 자체도 한층 본무대를 의식한 내용이 되었다. 예를 들면 위치를 바꿀 때('스위치'라고 한다)의 동작, 또는 심사위원에게 따로 지명받았을 때('콜'이라고 한다)의 동작. 본무대에서는 '스위치' 혹은 '콜'이 반드시 발생한다.

위치를 바꿀 때는 왼쪽 여섯 명과 오른쪽 여섯 명을 교체하는 단체 스위치부터 '3번과 7번 스위치' 같은 개인 단위까지 다양한 종류를 감안해야 한다. 주로 다른 좌석에 앉아 있는 심사위원들이 모든 선수를 가까이서, 또한 다양한 각도에서 심사하기 위한 것이다. 한편 개별 지명은 주로 순위를 결정하기 위해서다. 3번과 7번이 우열을 가리기 어려운 경우, 두 사람을 무대 맨 앞줄에 나란히 세우고 순위를 매긴다. 정량적인 평가 기준이 없는 이 대회에서 공동 순위는 없다.

"2번과 3번, 스위치."

이날 선수들의 골반 옆에는 등번호 대신 비키니의 보텀번호가 큼지막하게 클립으로 꽂혀 있었다. E토가 지명하자 2번인 나는 오른팔을 하늘로 치켜들고, 왼팔은 갈비뼈 옆으로 쭉 펴면서, 동시에 인사하듯이 무릎을 살짝 접었다 폈다. 삼 초 정도 되는 동작을 마친 후 3번과 위치를 바꾼다.

학창시절 리듬체조를 했다는 3번은 이 스위치 동작에 자기만의 스타일이 있었다. 거울 너머에서 약동하는 시원시원한 동작이 3번의 발랄한 분위기와 잘 어울렸고, 응원해주고 싶어지는 매력이 넘쳤다. 한편 나의 동작은 E토에게 배운 기본 중의 기본으로, 충실하게 실행하긴 했지만 왠지 억지로 하는 듯한 느낌을 지울 수 없었다. 그런데 그 엄격한 E토가 이렇다 할 지적 없이 눈짓으로 끄덕이는 것으로 보아, 포즈의 완성도는 상당히 좋고, 나의 자기평가 수준이 올라간 거라고 봐도 되는 셈이다.

순간 불길한 상상이 뇌리를 스치고 지나갔다.

본무대에서 이 동작을 빠뜨리면 어떡하지.

그러나 그것은 쓸데없는 생각이었다. 실제로 나는 일 초 만에 잡념을 떨쳐버리고 레슨에 집중했다. 일단 무대에 오른 선수는 한순간도 긴장을 늦춰선 안 된다. 나와 상관없는 다른 선수가 콜을 받았을 때도 '객석에 있는 모든 사람이 나를 지켜보고 있다는 마음으로' 포즈를 취해야 한다. 구체적으로 말하면, 자신 있는 포즈 몇 가지를 자연스럽게 계속 바꿔가며 보여주는 것이다. 포즈가 한 가지뿐이면 시간이 남아도는데다 지속할 수도 없기 때문에 여러 포즈들을 잘 조합해 어필이 끊이지 않게 해야 한다. 요컨대 우두커니 서 있기만 하면 안 된다는 것이다.

나는 일주일 후에 만날 관객을 향해, 물 흐르듯 끊이지 않는 포즈에 몰두했다. 계속해서 포즈를 바꿔주기란, 익숙하지 않으면 트레이닝 못지않게 힘들다. 하지만 나의 포즈는 그새 어느 정도의 경지에 다다라 있었다. 옆에서 사이드 체스트 포즈를 취하는 경력 오 년 차 선수와 호각을 겨룰 정도로.

그러나 세상은 그리 만만하지 않다.

"U노 씨, 잠깐만."

레슨이 끝난 후, 이제는 '잠깐만' 한마디만으로도 용건이 짐작되는 E토의 부름에 나는 내심 놀랐다. 외람되지만, 오늘은 흠잡을 데 없었다고 자평하고 있었기 때문이다.

"U노 씨는 단기간에 놀랍도록 성장했어. 솔직히 첫 레슨 때는 많이 걱정했는데, 지금은 동작도 안정되고, 표현력도 풍부하고, 무엇보다 자신감이 넘치는 게 보여. 꾸준히 진지하게 대회에 임하는 마음가짐에서 나도 많이 배웠어."

지적하기 전에 칭찬부터 하는 게 E토의 단골 어법이긴 하지만, 오늘은 유난히 힘이 들어간 느낌이다.

"그런데 U노 씨, 좀더 웃어야 돼."

E토는 몸소 아름답게 웃어 보였다.

"U노 씨도 해봐."

하이힐을 넘어서고, 부자연스러운 동작을 넘어서고, 그 밖의 온갖 과제들을 넘어서고서 나는 모든 걸 손에 넣은 기분이었다. 그런데 여기서 표정이라는 불청객이 앞을 가로막은 것이다. 터질 듯이 환한 미소. 그것은 이 대회에서 필수 조건이었다.

내 얼굴에서는 그 미소가 감쪽같이 사라진 모양이다.

"지난번까지는 아주 좋았거든. 동작은 좀 흔들리고 어색했지만, 그래도 주위에 잘 녹아들었어."

돌이켜보면 나는 세번째 레슨까지는 주위 선수들을 노골적일 정도로 관찰하고 있었다. 물론 나 하나 건사하기도 빠듯했지만, 그에 못지않게 주위 선수들을 거의 매달리는 심경으로 쳐다보았던 것이다. '일단은 모방'이라는 E토의 말이 진실을 꿰뚫고 있다고 생각했다. 그래서 옆에 선 선수들의 분신이 되려고 애썼다. 그들의 몸에 배어 있는, 나보다 오랜 경험이 고스란히 내 것이 되기를 바랐다. 그렇게 모방에 주력하는 사이, 내 입꼬리는 무의식적으로나마 한껏 올라가 있었을 게 틀림없다. 굳이 말할 필요도 없이, 표정은 하품처럼 전염되는 법이니까.

이번 레슨에서 기억나는 다른 선수의 모습은 3번뿐이었다. 좀

전의 스위치 동작에서 살짝 놀란 게 전부다. 구십 분간 내가 바라본 것은 거의 대부분 나 자신이었던 셈이다. 불행인지 다행인지, 이제 내 눈은 매달릴 곳을 필요로 하지 않았다.

"얼굴 근육도 최선을 다해서 어필해야 해."

미스 유니버스 일본 대표 출신의 지적은 지당했다.

포징 레슨은 대회 사흘 전 다섯번째를 마지막으로 막을 내렸다. 대회 전날에는 다음날 무대가 될 행사장에서 리허설을 한다. 그러나 착실하게 절정으로 치닫는 와중에도 그 실감을 옅어지게 하려는 듯 하루라는 녀석은 평소와 다를 바가 없었다. 나는 대회 따위 모르쇠로 일관하겠다는 듯이 담담하게 N헬스장에서 신체를 단련했다.

그날은 오랜만에 스미스 머신에서 벤치프레스에 몰두했다. 삼주 정도 쉬었더니 아팠던 팔꿈치가 원상태로 돌아왔다. 일 분의 인터벌 동안 상체를 일으켜 BCAA를 녹인 물을 조금씩 마셨고, 사십 초가 지나면 다시 천장을 보고 누워서 중앙에 테이프를 붙여 표시해둔 바벨을 쥐었다. 초침이 다음 세트 시작을 알린다. 나는 벌써부터 마르기 시작한 혀로 더욱 말라가는 입술을 핥았다.

묵묵히 트레이닝을 하는 동안 나는 행복했다. 여기 와서 대회의 실체를 알아가면서 그런 실감이 날로 강해졌다. 전모가 드러날수록 내가 이 대회와 맞지 않는다는 게 분명해진 것이다.

나는 무대가 요구하는 것을 하나하나 배우고, 수용하고, 의식하고, 연습해야지만 내 것으로 만들 수 있었다. 포징 레슨에서 호되게 교육받은, 단련한 신체를 제3자에게 발신하는 데 필요한 테크닉이다. 그것들을 죽을힘을 다해 내 것으로 만들었다는 기분에 젖어 있었건만, 역시 그런 테크닉의 본질은 주체성에 있다. 남의 말을 듣고 실천하는 것이 아니며, 극단적으로 말하면 남이 가르쳐줄 수 있는 것이 못 된다. 진정한 주체성에 비하면 내가 익힌 것은 잔재주 수준도 못 되는 서툰 연기에 불과했다. 사실 나는 레슨을 받는 동안 늘 누가 시켜서 억지로 하는 듯한 느낌을 지울 수 없었다.

대회 당일 나는 심사위원과 관객을 향해 진심으로 웃어 보일 수 있을까. 나로 말할 것 같으면 어릴 때부터 피사체가 되는 것이 거북했고, 시치고산* 때는 옷도 안 갈아입고 사진관에서 도망친 전적까지 있다. 딱히 '영혼이 빠져나갈까봐' 카메라를 무서워했던 건 아니지만, 그랬던 내가 대회를 무사히 끝마친다면 그것

* 아이가 세 살, 다섯 살, 일곱 살이 되는 해 성장을 축하하는 일본의 전통 행사.

은 일종의 성장이라고 할 수 있을까.

대상이 무엇이든 뭔가에 진지하게 임할 때 나는 표정이 심각해진다. 한창 포징에 집중할 때도 당연히 진지함 그 자체이기 때문에, 심각함을 넘어 긴장한 표정이 된다. 그것 자체가 잘못은 아니겠지만 대회의 특성상 좋은 인상을 줄 수 없는 건 분명하다. 좋은 인상을 주지 못한다는 건, 거의 인상의 싸움이라 해도 과언이 아닌 이 대회에서는 패배를 의미한다.

인공적인 미소를 부정하는 건 아니다. 다만 표정에 실제 이상으로 과도한 의미가 주어지는 기분이다. 웃는 낯인 사람이 행복하다고 규정하는 것은 섹스를 했으니 사랑한다고 보는 것만큼이나 순진하기 짝이 없다. 웃음기가 없는 사람을 불쾌해한다거나 불손하다거나 불행하다고 규정하는 것은, 물론 이해 못할 바는 아니지만, 나로서는 저기, 잠깐만요, 하고 이의를 제기하고 싶어진다. 아무리 미소지상주의 세상이라 해도 카메라 앞에서든 여타 다른 자리에서든 표정만으로는 말할 수 없는 것이 적지 않을 것이다.

나는 타고나길 포커페이스인 편이라, E토의 지적에 인격 자체를 부정당하는 것 같아서 약간 속이 불편해졌다. 이쯤 되면 순진하기 짝이 없는 건 너 아니냐 싶을 텐데, 맞는 말씀이다. 이 빈곤

한 표정 때문에 지금껏 많은 이들을 불안하게 하거나 불쾌하게 하거나 흠칫하게 했겠지만, 그런 분들에게 정중하게 사과드릴지언정, 어쨌든 나는 억지로 웃으려고 하면 남들의 서른 배는 힘이 드는 사람이다.

"그런데, 표정은 심사 대상이 아니잖아요?"

사실 남자 부문에서는 내내 근엄한 표정을 고수하는 선수도 있다.

"음, 그렇긴 하지만…… 그래도 우리 같은 사람은 활짝 웃지 않으면 왠지 화난 것처럼 보이잖아?"

내게는 세상과 다른 공기를 마시고 싶어서 이 색다른 대회에 도전한다는 나름대로의 신념이 있었다. 그런데 이 대회도 결국 세상의 거울이었단 말인가. 왜 웃기지도 않은데 웃어야 하는가. 왜 혼신을 다해 집중하는 와중에 억지로 파안대소해야 하는가. 아니, 이런 의문은 품어서는 안 될 것이다. 대회 운운하기 이전에 인간이 사회적인 동물인 이상 여섯 살 때쯤 이미 해탈했어야 하는 문제이건만, 나는 서른이 다 된 지금 와서 고뇌하고 있다.

그런 속내를 털어놓자 T이는 나보다 더 곤혹스러운 표정을 지었다.

"그렇게 파고들기 시작하면 아무것도 못해."

T이의 코멘트는 지당했다. 생각해보면 T이는 상담사도 아니면서 이렇게 유치한 갈등에 늘 친절하게 답해주었다.

"하이힐이나 제모나 태닝은 그래도 이해가 가요. 하이힐을 신으면 다리가 길어 보이고, 제모를 하면 커팅 윤곽이 또렷해지고, 태닝을 하면 온몸이 탄탄해 보이고. 하지만 일부러 웃고, 쉴새없이 우아한 포즈를 취하고, 큼지막한 액세서리를 달고, 가부키 배우처럼 짙은 화장을 하고, 그런 건 그러니까, 근육이랑은 상관없잖아요?"

아아, 마침내. 나는 실토해버렸다. 그야말로 돈가스덮밥을 앞에 둔 용의자가 범행을 백일하에 드러내는 심경이었다. 단숨에 자백을 마치고 죄인이 되는 동시에 반쯤은 이제 해방이구나 하는 감개무량한 기분으로 하늘을 올려다보았다. 날씨 때문인지 위치 때문인지, T구의 밤하늘에는 별이 보이지 않았다.

E토가 말한 '클래식'의 의미를 이제 나는 완전히 이해한다. 여자는 심사 항목이 많다는 것. 그런 의미에서 이 대회는 '클래식'한 것이다.

엄마, 지난번에는 미안했어. 하지만 엄마가 '여자답지 못하다'고 평가한 보디빌딩이 사실은 그렇지가 않아. 이 대회는 세상과 동등하게, 오히려 그 이상으로 젠더를 의식하게 하는 자리다.

'여자다움'을 추구하라고 이렇게까지 요구하는 자리를 나는 달리 떠올릴 수 없다. 사람들은 보디빌딩을 '맨몸 하나로 싸우는' 대회라 간주하고, 그 순수성을 칭송한다. 하지만 나는 그런 칭찬에 머쓱해지고 만다.

내가 화장을 하지 않는 이유는 전적으로 수치심 때문이었다. 회사 면접 때도 맨얼굴로 나간다. 맨얼굴보다 화장한 얼굴이 백배는 더 부끄러웠다. 화장을 한다는 것은 매일 아침 화장할 시간을 내고 거울 앞에 앉아, 있는 것을 없애거나 없는 것을 만들어낸다는 뜻이다. 나아가 드러그스토어에서 화장품을 고르거나 자기 전에 화장을 지우는 시간을 낸다는 뜻이기도 하다. 화장을 장착한 얼굴은 세상을 향해 그렇게 말하는 셈이다. 그리고 나는 그것이 이상하게 부끄럽다. 연예인도 아니면서, 별 볼 일 없는 얼굴에 많든 적든 노력을 쏟는 것이 분수에 맞지 않는 것 같아 부끄러운 것이다. 공감을 사지 못할지언정 이것이 나의 수치심이었다.

하지만 이런 것은 정도의 문제다. 매일 완벽하게 화장하는 사람도 어느 정도를 넘으면 수치심이 자극당하는 자기만의 선이 있을 것이다. 동료 A도, B와 C도, 생각해보면 S코도 각자의 선을 갖고 있을 테고, 그 선을 넘지 않는 범위에서 활동한다는 점에서는 나와 다르지 않을 것이다. 그 선이 치마를 입는 것이든, 미니 스커트를 입는 것이든, 화장하는 것이든, 밝은 오렌지색 아이섀도를 칠하는 것이든, 머리를 기르는 것이든, 머리끝에 5센티미터 정도의 컬을 주는 것이든. 나의 선은 원래부터 상당히 극단적인 위치에 있었고, 피부에 자극적이지 않은 세제처럼 중성을 지키는 것도 그런 이유에서였다.

난 화장을 하지 않지. 옷장에 치마가 없지. 머리를 기르지 않지. 애교가 없지. 하지만 그런 것들 없이도 난 충분히 여자야. 명백한 여성이야. 그 누구보다도. 하지만 인간으로서는 이렇지 않았다면 좋았을걸. 이런 인간인 탓에 나는 웨이트 트레이닝까지 싫어질 위기에 처했다. 사실은 좋아하는데, 그 트레이닝의 성과를 널리 알리는 대회를 생각하면 이제는 열정이 식어버린다. 도무지 해탈할 수가 없는 거예요, 네.

"U노, 오늘따라 말을 많이 하네. 단백질 셰이크에 취했나?"

내가 털어놓은 속내에 T이가 감탄한 듯이 웃자 트레이드마크인 보조개가 생겼다. 우리는 편의점 취식 코너에 있었다. 면죄부처럼 차를 한 병 사들고 앉긴 했지만 둘 다 각자 가져온 셰이크를 마셨고 T이는 감량식 도시락까지 펼쳤으니 진상 고객이 따로 없으리라. 정신 차려보니 밤 아홉시였다. 혼자서 십 분 가까이 떠든 모양이다. 평생 할 말을 다 한 기분이었다.

"그럼, U노는 대회 출전 포기할 거야?"

막상 그런 질문을 받으니 대답이 궁했다.

"원래 그런 싸움이니까 어쩔 수 없지."

T이가 삶은 컬리플라워를 입에 넣었다.

"싸움에서는 이겨야 해, 안 그래?"

그렇다, 우물거리며 타이르는 T이의 말을 들을 것도 없이 대답은 이미 내 안에 있었다.

나는 여기까지 준비해왔다. 그리고 이길 작정이었다. O시마가 이상으로 삼는, 여자 대회치고는 비교적 근육에 가치를 두는 BB대회에서 나름대로의 결과를 거둘 작정이었다. 게다가 나는 O시마가 좋다. T이도 좋아한다. E토도 뭐, 그런대로 좋다. 자기 일처럼 나를 질타하고 격려해주는 사람들을 실망시키고 싶지 않았다.

T이와 대화한 덕분에, 아니, 숨을 돌린 덕분에 기분이 좀 풀렸다. 나는 BB대회에 나간다. 그뿐이다. 잔재주 이하라 해도, 어설픈 연기라 해도, 누가 시켜서 억지로 하는 느낌이라 해도 이젠 상관없다.

그나저나 T이에게는 감사할 따름이었다. 선수 겸 N헬스장 트레이너인 T이는 다른 선수의 운동도 봐주었지만 내게는 특별히 더 다정하고 스스럼없이 대해주었다. 하긴 T이의 다정함과 나와 T이가 다른 체급 선수라는 사실이 전혀 무관하지는 않을 터였다. 둘이 동시에 체급별 챔피언이 되어 오버올 출전권을 딴다면 얘기가 달라지겠지만, T이와 나는 직접적인 라이벌이 아닌 것이다. 사실 자타가 공인하는 T이도 대회 날이 다가올수록 같은 체급 선수들에게는 조금 견제하는 태도를 보였다. 어쩌면 어른스럽지 못할지도 모르지만, 내가 보기에는 그야말로 남들보다 몇 배는 더 대회에 진지한 T이다웠다. 그런 T이의 면모를 알아챘을 때만은 내 키가 155센티미터인 것을 다행으로 여기며 눈앞의 허공에서 두 손을 모았더랬다.

얼굴 근육 트레이닝이라고 주문을 외며 마지막 레슨에서는 만면에 미소를 머금었다. 구십 분 동안 활짝 웃고 나니 뺨이 온통 실룩거리며 경련하는 것이 오히려 본무대에 지장을 주게 생겼다. 내내 크게 뜨고 있는 바람에 눈이 건조해져서 밤을 새운 사람처럼 안약을 쏟아부었다. 예상대로 E토는 감격했고, 대회에서도 이대로만 임하라며 격려해주었다.

"조금만 더, 이를 이렇게 드러낼 수 있을까?"

흔히 아시안 스마일이라고 하는 이를 드러내지 않는 웃음은 무대에서 엄금이다. E토의 엄지가 내 광대뼈 아래를 비스듬하게 쭉 끌어올렸다. 이렇게, 이를 몽땅 드러낼 기세로 표정을 지으면 좋겠어. E토의 엄지는 기품 있으면서도 의외로 어린아이처럼 따뜻했다.

다음날 나는 근처 치과에 가서 치성을 드리는 심정으로 즉석 미백시술을 받았다. 샘플을 보여주길래 '신조 · 기요하라* 클래스'라는 이름의, 지금보다 두 단계 위의 톤을 골랐다. 다음날 일어나서 미지근한 물을 마시는데 이가 너무 시려서 소스라치게 놀랐다.

대회 당일은 토요일이다. 전날 리허설 때문에 나는 유급휴가를 신청했다. 유급휴가 신청이라니, 대체 몇 년 만일까. 매년 다 쓰지 못한 휴가를 수당으로 받는 게 보통이었다.

상사는 희귀한 짐승을 보듯 흥미진진하게 나를 올려다보았다. 등뒤의 동료들도 어느새 이쪽을 엿보고 있다. 그런 호기심의 시선들은 외모라는 것이 가지는 위력을, 원하든 원치 않든 일깨워주었다.

---

* 새하얀 치아로 유명한 야구선수 출신 방송인 신조 쓰요시와 기요하라 가즈히로를 가리킨다.

그렇다, 몸을 단련하고, 보통 사람 이상으로 미용에 힘을 쏟고, 몸놀림이 갑자기 발레리나처럼 바뀌자, 주위의 태도는 확연히 달라졌다. 이 사람이고 저 사람이고 나를 대하는 태도가 정중해졌다. 내 의견에 귀기울이게 되었다. 억지로 떠맡던 잡무가 사라졌다. 불행인지 다행인지, 뛰어난 외모에는 엄청난 가치가 있었다. 입을 열지 않고도 이렇게까지 웅변할 수 있는 것이다.

인간은 결국 뛰어난 외모를 사랑하는 존재다. 반론도 많을 것이다. 그러나 좋고 나쁨을 넘어서서 그것은 확실하게 인간 세상에 존재하는 가치관이다. 문득 보디빌더들은 태곳적부터 이 사실을 깨달았으리라는 생각이 들었다. 그 압도적인 외모의 위력이 실은 인간계 최강이라 해도 과언이 아니라는 것을. 나 역시 지금 나 자신을 마치 최대순간풍속처럼 최강이라고 느낀다. 지금의 외모가 있기에 가질 수 있는 전능이었다.

"개인사정이 뭔데?"

신청서에서 고개를 든 상사가 능청스럽게 물었다. 뭐, 이런 걸 묻는다고? 유급휴가는 유급휴가, 개인사정은 개인사정이지. 하지만 아무리 외모가 바뀌었어도 나의 알맹이는 직장인의 그것이었다. 무난하게 넘어가는 게 최고다.

"운전면허 갱신입니다."

"아하, 그래."

군인처럼 대답하자 수면 아래 상사와 동료들의 긴장감이 확 풀리는 게 느껴졌다. 가십이라면 사족을 못 쓰는 인간들. 지인과 온천에 간다거나 이사 준비를 한다거나 구청에 갈 일이 있다거나 하는 식으로 떡밥을 줄 걸 그랬나. 나는 막 대답을 마친 입술을 핥았다. 아니, 이거면 됐어.

나는 훨씬 대단한 일을 할 것이다. 당신들은 상상도 못하는 일을 해낼 것이다. 일 년을 공들인 거사다.

도장을 찍는 상사를 물끄러미 내려다보았다.

대회 당일에는 새벽 네시 반에 일어나서 욕조에 몸을 담근 후 혈액순환을 위해 공들여 스트레칭을 했다. 여자부는 오전 일정이고, 내가 출전하는 체급은 첫 순서였다. 이제 약 다섯 시간 후면 나는 무대에 오른다. 일주일 전부터 계율처럼 수분과 염분을 절제한 결과, 온몸의 피부는 미라를 방불케 하는 뭐라 형용할 수 없는 질감으로 완성되었다. 그래도 태닝 효과 덕분인지 아파 보이진 않았고, 피부 아래 근섬유와 혈관과 관절이 오히려 생명력을 과시하며 도드라졌다.

어제 리허설 전에는 미용실에 가서 15센티미터짜리 붙임머리

시술을 받았다. 머리 다발이 맨 허리를 자꾸 스쳐서 간지러웠지만, 전투를 앞두고 한층 무장을 정비한 기분이었다. 이어서 히비스커스색으로 네일아트도 받았다. 옷이 날개라고 할 정도는 아니어도, 평범한 손톱도 색을 입히니 아름다워 보여서 감탄했다.

11월의 도쿄는 생각보다 일출이 늦다. 현관문을 닫고 보스턴백을 어깨에 둘러멘 다음 나는 어디 야반도주라도 하듯이 서둘러 아파트 계단을 뛰어내려갔다. 나밖에 없는 전철 안에서 누군가의 집에 반사된 아침햇살이 눈부셔 잠깐 실눈을 떴다.

N헬스장이 진용을 꾸린 호텔방에 도착한 것은 새벽 여섯시 반이었다. 호텔에서 행사장은 걸어서 일 분 거리다. 멀리서 온 선수들은 이 호텔에서 숙박을 했기 때문에, 어제도 왔던 객실의 문을 열자 방안은 벌써부터 이른 아침 같지 않은 활기가 넘쳤다. 옆방 투숙객은 아마도 '아침 댓바람부터 대체 무슨 난리야' 하며 의아해할 것이다. 선두 타자인 나는 들어가자마자 화장대로 끌려갔다. 커다란 거울 앞에 색색깔의 팔레트가 펼쳐져 있었다.

메이크업 담당자는 E토와 막역한 사이인 메이크업 아티스트였다. 우왕좌왕하는 사이에도 시간은 흘러갔고, 이십 분 후 나는 완전히 딴사람이 되었다. 이젠 가족이 스쳐지나가도 알아보지 못할 것이다.

"눈 주위를 비비면 안 돼요."

메이크업 아티스트가 나에게 주의를 준 후 다음 선수의 얼굴에 매달렸다. 오전 일곱시가 지난 시각. 방에서 나온 나는 로비 벤치에 앉아 보스턴백에서 사차원 주머니처럼 줄줄이 음식을 꺼냈다. 탄수화물 위주의 당일 카보로딩이다. 기나긴 감량에 드디어 종지부를 찍는 순간이었다. 이때만은 반대로 '먹어야만 한다'는 의무감이 앞서기에 죄책감이 들지 않았다.

밀폐용기에는 내가 좋아하는 닭고기계란덮밥이 가득 들어 있었다. 원래는 '조식 뷔페' 이용자용으로 보이는 전자레인지에 용기를 데우는 동안, 편의점에서 사 온 고기만두를 선 채로 덥석 베어물었다. 조금 식었지만 그래도 눈물이 날 만큼 맛있었다. T이의 조언대로 꼭꼭 씹어서 삼켰다. 눈 깜짝할 새 다 먹어치우고, 모락모락 김이 나는 닭고기계란덮밥 앞에서 나무젓가락을 갈랐다. 거의 보름 만에 먹는 흰쌀. 인스턴트 된장국마저도 신음소리 없이는 먹을 수 없었다. 그러나 한입 먹을 때마다 감격에 겨워하는 한편으로, 본무대까지 두 시간 남았다는 생각에 왠지 집중할 수가 없었다.

행사장에 들어간 것은 오전 여덟시가 못 되어서였다.

여덟시 반부터 개회식이 열리는데, 나는 시간표 관계상 참가

하지 않았다. 개회식 참가는 자율이기 때문에 다른 선수들도 대부분 자기 준비를 우선하는 듯했다. 이날 게시된 참가자 목록을 올려다보니 '이십대 · 신장 157센티미터 이하'에는 쉰두 명이 출전했다. 나는 픽업 심사 '그룹2'에 배정되어 있었다.

BB대회에서는 단일 체급의 참가자가 열두 명이 넘으면 픽업 심사라는 예선을 치른다. 이번 '이십대 · 신장 157센티미터 이하'의 경우에는 픽업 심사가 5회로 나뉘어 열리고, 각각의 픽업 심사에서 상위 2위 안에 들면 결승에 진출할 수 있다. 결승에서는 픽업 심사에서 선출된 열 명과 시드권을 가진 작년 우승자와 준우승자, 총 열두 명이 겨루게 된다. 또한 체급 챔피언에게는 백만 엔, 오버올 챔피언에게는 상금 삼백만 엔과 부상(주로 협찬 기업의 단백질 셰이크 등)이 수여된다.

무대 뒤 집합 시각은 오전 아홉시 사십오분이지만, 선수들은 펌핑을 위해 아홉시부터 하나둘씩 나타난다. 이 행사장의 대기실은 짐 보관소와 탈의실로도 사용되기 때문에 빈 공간이 없어서 펌핑을 하기 힘들다. 접수를 마치고 대기실로 들어가자 벌써 다섯 명의 선수가 도착해 있었다.

무릎 아래까지 내려오는 다운코트를 벗자 나는 바로 비키니 차림이 되었다. 물론 행사장에서 갈아입어도 되지만 좀더 여유로운 호텔방에서 입고 나오면 불특정다수의 선수들이 이용하는 탈의실에서 기다리는 수고를 덜 수 있다. N헬스장이 도보 가능 거리의 호텔방을 준비해둔 것은 그야말로 적절한 조치였고, 오랜 경험이 발휘된 결과라고 할 수 있었다. 이 상태로 대중교통을 이용하다가 만에 하나 다운코트 안이 비키니라는 사실이 발각되면 신고감이 될 것이다.

서둘러 이를 닦고 트레이닝 튜브를 비롯한 펌핑 도구를 준비하고 나니 갑자기 아랫배에서 뇌로 신호가 와서 오랜만에 쾌변을 경험했다. 공항처럼 널찍한 행사장 화장실에 감동하며, 요 석 달 동안 변비를 달고 살았다는 생각을 했다. 변비가 일상이 되면 사람들은 자기가 변비라는 사실까지 잊어버린다.

말 그대로 싹 비워내고 무대 뒤로 들어가서, 먼지가 날리는 어스름 속에 벨트 파티션으로 구분해둔 '그룹2' 구역으로 갔다. 구역 안쪽 바닥에는 선수 한 사람당 한 평쯤 되는 공간이 노란색 테이프로 표시되어 있다. 벽 쪽 구석에 자리잡은 후, 바로 무릎 밑에 튜브를 감고 맨몸 스쾃을 시작했다.

우뚝 솟은 칸막이 너머에서는 개회식이 한창 진행되고 있었다. 국가의 마지막 소절이 관객석의 높은 천장에 울려퍼졌다. 사회자가 BB협회의 이사를 차례로 소개하고, 이사장이 인사말을 시작했다. 인사말이 끝나자 박수가 쏟아졌는데, 예상외로 많은 그 손바닥에 잠깐 집중력을 빼앗겼다.

개회식의 밝은 활기와 대조를 이루듯, 무대 뒤는 어둡고 조용했다. 박수 소리에 조금 기가 눌렸지만 무대 뒤의 고요함은 스쿼트을 하는 나의 집중력을 다시 높여주었다. 바닥에 칠해놓은 목재용 왁스가 콧속을 향기롭게 간질였다. 개회식 진행을 위해 무대 뒤에서 사람들이 쉴새없이 오갔지만, 누구도 구석의 나에게 볼일이 있을 리 없기에, 도리어 강 건너 불구경하는 느낌이었다. 무대 뒤의 에티켓인지 관계자들은 매우 바빠 보이면서도 발소리가 나지 않게 오갔고, 기본적으로는 말을 하지 않고 하더라도 속삭이는 정도였다.

본무대 직전의 펌핑에선 체력을 한계까지 쓰면 안 된다는 것이 떠올랐다. 포징에도 생각보다 많은 체력이 소모되기 때문이다. 그런데 이상하게 흥분한 상태라서, 영구기관처럼 같은 동작을 반복하고 싶은 충동이 들었다. 이 활력은 십중팔구 오랜만에 배가 든든해진 덕에 발휘되는 것이다. 역시 웨이트 트레이닝은 공복보다 만복 상태로 하는 게 훨씬 즐겁다. 그래도 스쿼트은 100회로 끝냈다. 어차피 맨몸운동으로는 한계 운운할 수준까지 갈 수도 없는 노릇이다. 고관절 스트레칭을 하고, 매트를 바닥에 깔고 크런치 자세를 취했다. 머리카락이 배 위로 흘러내렸다. 시각은 오전 아홉시가 지났다. 무대 뒤로 온 선수는 현재로선 나뿐이었다.

엄청나게 높은 천장을 올려다보고, 떨어질 것 같은 조명기구에 겁을 먹으면서, 나는 바닥에서 다리를 들어올린 후 무릎을 직각으로 접었다. 그룹2 구역에 다른 선수가 처음으로 나타난 것은 크런치가 50회를 넘어갔을 때였다. 그 선수는 나와 대각선 위치인, 역시 구석자리를 선택했다. 발바닥으로 튜브를 밟더니 조용히 상완이두근 펌핑을 시작했다.

그 선수를 시작으로 속속 관계자들이 모여들었다. 그룹2의 인구밀도가 순식간에 높아지고, 대회의 중심이 바야흐로 맞은편 개회식에서 여기 무대 뒤로 이동했다. 개회식에 방해되지 않으려고 다들 자객처럼 움직였지만, 이윽고 본무대를 앞둔 인간들의 숨결과 긴장과 눈짓이 일종의 압력을 띠며, 원하든 원치 않든 무대 뒤 공기를 달구기 시작했다. 여기저기서 쭉쭉 튜브 당기는 소리, 일정하게 버티기를 반복하는 콧김, 정보를 주고받는 속삭임이 들려왔다. 대회 시작까지 이제 삼십 분. 맨 처음 무대에 오르는 건 그룹1이니, 그룹2 시작까지는 사십 분 남짓 남았을까.

운동한 배를 풀어주고, 이어서 팔굽혀펴기 자세를 취했다. 원래는 턱걸이가 더 효과적이지만 무대 뒤에서는 불가능하다.

팔굽혀펴기를 하는 동안 내 마음속에서는 기묘한 감개가 싹텄다. 다행감多幸感이라고 해야 할까, 나는 내가 행복하다고 느꼈다. 아무에게도 방해받지 않고 마음껏 신체를 단련할 수 있다는 것. 그럴 만한 시간, 돈, 환경, 평화, 건강한 몸이 내 손안에 있다는 것. 다시 말해 더할 나위 없이 자유롭다는 것. 이 순간이 영원히 이어지기만 한다면 나는 더 바랄 것이 없다. 그전에도 웨이트 트레이닝을 하는 중에 이런 감정이 솟구친 적이 몇 번 있었다. 갑작스러운 깨달음, 하늘에서 내려온 계시처럼, 지금 이 상황을 그 무엇과도 바꿀 수 없다는 느낌이 들었다.

무대 뒤에서 혼자 묵묵히 팔굽혀펴기에 전념하는 것.

그 이상 무엇을 바라겠는가.

이름을 부르는 소리에 놀라서 고개를 들자 서포터 Y우치가 보였다.

보디빌딩은 개인 대회지만 다른 스포츠와 마찬가지로 혼자서 모든 것을 맡아 하기는 힘들다. 대회 당일에는 선수 옆에 서포터가 붙는 것이 보통이다. 실제로는 서포터가 없는 선수도 많지만, 일반적으로는 서포터가 펌핑이나 스트레칭을 거들어주고 보디오일을 발라주고 긴장을 풀어주는 등 본무대 직전의 선수를 여러모로 도와주는 역할을 한다. 유명 선수가 아닌 이상 서포터는 눈물겹게 고마운 자원봉사자인 경우가 많고, 선수의 뜻을 지지하는 친구가 맡기도 한다.

"이틀 연속으로 감사합니다."

"무슨 소리, 힘내요."

물론 그런 친구가 있을 리 없는 나는 N헬스장을 통해 Y우치를 소개받았다. Y우치도 선수 출신이고, 십 년 전에 은퇴했지만 이런 식으로 계속 대회에 참여하고 있다고 한다. 역시 O시마의 열광적인 팬이기도 하다.

당사자 O시마는 이사 자격으로 개회식에 참석했으니, 아마 바로 정면에 앉아 있을 것이다. 심사위원은 아니지만 대회중에는 VIP석에서 지켜본다고 한다. 접수처에서 "U노!"라고 부르며 뒤에서 내 어깨를 탁 치고는, 아무 말 없이 미소 지으며 행사장으로 사라지던 O시마의 낯선 정장 차림을 떠올렸다. 한편 E토는 대회 직전까지 호텔방에 머물며 선수들의 최종 점검에 여념이 없을 것으로 추정되는데, 지금쯤은 행사장에 들어왔을지도 모르겠다.

리허설 때와 마찬가지로 Y우치와 나는 함께 펌핑을 마무리했다. Y우치가 내 어깨를 누르는 상태에서 다시 한번 스쾃을 했다. 같은 방식으로 등 운동을 하고, 사이드 레이즈를 하고, 그 외 세 종목을 더 수행한 뒤, 그제야 나는 살짝 가쁜 숨을 몰아쉬며 하이힐을 신었다. 몸만 이렇지 않았다면 그 순간만은 어쩌면 신데렐라의 라스트신을 연상케 했을지도 모른다.

"U노, 역시 엄청 잘 만들었네. 첫 출전이라는 게 믿기지 않아. 꽤 만족스러운 결과가 나오겠는걸?"

내 등에 열심히 보디오일을 발라주면서 Y우치가 작은 소리로 격려해주었다. 글쎄요, 긴장되네요…… 들뜨고 갈라진 내 목소리에서는 상당한 긴박감이 묻어났다. 한편 시시각각 긴장이 고조되는 와중에도 내 쪽으로 쏠리는 선수들의 시선을 알아챌 수밖에 없었다. 나의 완성도에 뜨거운 관심이 쏠리는 것을 느낄 수 있었다. 개중에는 다른 상황이었다면 "무슨 구경났나?" 하며 깔아보고 싶어지는 노골적인 시선도 있었지만, 지금의 나는 다름 아닌 'The' 구경거리였다. 하긴, 그런 시선을 알아챈 것도 나 역시 주위 선수들의 완성도에 깊은 흥미가 있었기 때문이다. 어쨌거나 처음 만나보는 경쟁자들 아닌가. 알고 보면 내 시선이 가장 노골적이었을지도 모른다.

한데 모아 선수라고 부르지만, 모두가 그럴듯한 몸을 만들어낸 건 아니었다. 주위를 둘러보니 대회 당일까지 체지방을 충분히 걷어내지 못한, 아니, 애초에 그럴 마음이 있긴 했는지 의심스러운 선수, BB대회의 취지를 제대로 이해하지 못했는지 피부가 허여멀건 선수, 규정 위반을 각오한 듯 도가 지나치는 액세서리를 착용한 선수, 유튜브에 올릴 영상을 찍는지 선수보다 리포터에 가까워 보이는 선수 등등, 여기가 사회의 축소판인가 싶을 정도였다. 그룹2만이 아니라 그리 넓지 않은 무대 뒤에 선수들의 다양성이 넘쳐났고, 그것은 그것대로 볼만한 가치가 있었다. 원래부터 BB대회에 특화된 선수 양성소라고 해도 좋을 N헬스장에서 훈련받은 나는 세상에는 실로 다양한 선수들이 있다는 걸 새삼 실감했다.

그렇지만 탄탄한 몸을 구릿빛으로 번쩍이는 선수들도 곳곳에 보였다. 이 자리에 엄마가 있었다면 졸도할 게 틀림없다. 그룹2에는 그렇게 파이널리스트의 아우라를 발사하는 선수가 두 명 있었다. 무대 뒤에서 내가 내린 자기평가 순위는 '3위'. 긴장에 불안까지 더해졌다. 과연 돌파할 수 있을까. 게다가 나보다 아래라고 평한 선수들도 어쩌면 워킹이나 포징이 특출날지 모르니, 역시 승부의 행방은 당사자인 나로서는 읽어낼 방법이 없었다.

"안 돼, 표정 풀어."

그룹1의 픽업 심사가 끝나고 드디어 무대로 나가려는 순간, Y우치가 내 앞머리를 재빨리 매만지더니 양어깨를 거침없이 팡 때렸다.

"저는 어필이 서툴러서……"

"무슨 소리야, 자신감을 가져!"

내 번호는 14번이었다. 무대로 들어가는 순서는 앞에서 두번째다.

자, 그럼 그룹2의 픽업 심사를 시작하겠습니다.

MC의 선언을 신호로 나는 무대 위 존재가 되었다.

그룹5까지 다 끝나고 십오 분 후, 대기실에 픽업 심사 결과가 나붙었다.

나는 3위였다.

"괜찮아, 그룹2는 워낙 수준이 높았으니까."

누군가가 그룹2의 다른 선수를 위로하는 소리가 들렸다.

3위구나.

나는 눈을 내리뜨고 자리를 떴다. 짓궂게도 무대 뒤에서 내린 자기평가가 적중한 것이다. 1위 15번, 2위 17번도 내가 예상한 그대로였다.

짐 보관소로 돌아와서 드디어 비키니에서 '14번' 번호표를 뗐다. '이십대 · 신장 157센티미터 이하' 결승은 한 시간 뒤에 열린다. 승패가 결정된 이상 나는 미련 없이 관객 입장으로 돌아갈 생각이었다. 속상했지만, 속상하다고 관전하지 않고 가버리면 나중에 훨씬 더 속상할 것 같았다.

속상한 마음은 어쩔 수 없다 해도 나는 주어진 결과를 받아들일 수 있었다. 15번의 완성도는 어둑한 무대 뒤에서 봐도 흠잡을 데가 없었다. 특히 균형 면에서 뛰어났고, 잔근육까지 공들여 단련되어 있었다. 이십대 체급에는 자연스럽게 대회 경력이 짧은 선수가 모이기 마련이라, 그 정도까지 잔근육을 완성해서 오는 선수는 많지 않다. 나도 그렇고, 비교적 키우기 쉬운 대근육 벌크업으로 승부를 보려는 것이 보통이다. 그 사이에서 15번의 완성도는 타의 추종을 불허했다.

한편 2위인 17번은 15번 같은 숙련미는 없지만, 누가 봐도 알 수 있는 벌크업의 승리였다. 콜을 받고 17번 옆에 나란히 섰을 때 굳이 옆을 보지 않아도 17번의 근육량이 내뿜는 패기가 전해졌다. 나도 필사적이었지만 심사위원이라면 틀림없이 17번을 골랐을 것이다.

그때의 심경이 벌써 다른 사람의 인생처럼 멀게 느껴지고, 이제는 거의 실감이 나지 않았다. 수많은 시선과 카메라 렌즈 앞에서 어안이 벙벙했다. 눈앞에 쭉 늘어앉은 심사위원들이 무슨 생각을 하고 무얼 보고 있을지 불안했다. 그런데도 말처럼 이를 드러내고 활짝 웃으며 내 몸을 어필했다. T이가 되었다 생각하고, 긁어모은 투지를 발휘했다. O시마가 있는 VIP석의 반응을 엿보기는커녕 위치를 확인할 여유조차 없었다. 그리고 지금은 아직까지 따끔거리는 눈만이 그 무대에 내가 서 있었다는 유일한 증거였다.

그룹2 심사 시간은 길지도 짧지도 않은 십오 분 정도였다. 나는 눈을 질끈 감고 따끔거리는 자극을 떨쳐내려 했다. 가능하다면 그 패배의 무대에서 본 모든 광경을 머릿속에서 쫓아내고 싶었다. 다시 눈을 떠도 따끔거림은 가라앉지 않았다.

사실은 이기고 싶었는데.

보스턴백에서 갈아입을 운동복과 청바지, 팬티를 꺼낸 나는 형광등을 올려다봤다가 다시 정면을 향한 채 한동안 가만히 있었다. 스스로를 타이르며 구석에 있는 탈의실로 들어갔다. 칸막이 커튼을 닫고, 보기보다 입고 벗기 번거로운 대회용 비키니 끈에 막 손가락을 건 순간이었다.

"14번 선수, 14번 선수 계세요?"

대회 스태프의 목소리가 대기실에 울려퍼졌다.

내 번호를 미처 떠올리기도 전에 누군가가 "14번 지금 옷 갈아입고 있어요"라고 대답했다. 엉덩이가 반쯤 드러난 상태였지만, 나는 왠지 긴박함이 느껴지는 스태프의 목소리에 커튼 사이로 얼굴만 빼꼼 내밀고 대답했다.

놀랍게도 1위인 15번이 도핑으로 실격 위기라고 했다.

다른 방으로 이동하면서 스태프가 빠르게 사정을 설명해주었다. 그 말에 따르면, 보통 도핑 테스트는 선수 열 명당 한 명꼴로 무작위로 소변검사를 실시해 이뤄진다. 대상이 되면 접수시에 통보해준다. 소변 샘플은 대회 전에 두 번 채취하는데, 한 번은 검사기관으로 보내 다음날 결과가 나온다. 다른 한 번은 행사장에서 간이검사를 하고, 삼십 분 정도 만에 신속검사 결과를 받는다. 신속검사 결과는 픽업 심사 전에 전부 나오는 것이 보통이다. 이번에도 그런 절차가 문제없이 이뤄졌고, 신속검사 결과에서 양성이 나온 선수는 없었다.

그런데 15번 선수에게 추가검사를 요구한 관계자가 있었다고 한다.

"추가검사요?"

"네, 대회 규정상 누구라고 밝힐 수는 없지만, 그런 얘기가 있었어요. 픽업 심사 후에."

스태프가 거리낌없이 대답했다. 얘기를 들어보니 그렇게 지명해서 추가검사를 요구하는 건 별로 드문 일이 아니라고 한다. 정도의 차이는 있지만, 보디빌딩 선수는 누구나 진지하다. 부정에 대한 시선은 어느 대회에서나 엄격하다.

나는 멍하니 스태프를 쳐다보았다. 기본적인 도핑 테스트 절차는 익히 알고 있었다. 그러나 그런 뒷사정은 전혀 몰랐다.

15번에게 추가검사 요청이 들어간 것은 그룹2 픽업 심사가 끝나고 십 분 후였다. 노도와 같은 첫 출전을 마친 내가 대기실에서 넋을 놓고 있던 무렵이다. 본무대 자체는 물론이고, 무대 직후의 대기실도 그에 못지않게 비일상적이었다. 무사히 심사를 마친 해방감, 나 같은 망연자실함, 일단 셀카부터 찍고 보는 냉정함 등이 한 공간에 뒤엉키며 혼연일체가 되었다. 15번도 분명 같은 대기실에 있었을 텐데 소리 없이 협회측에 불려갔던 모양이다. 전혀 몰랐다.

우리는 15번의 신속검사 결과를 기다렸다. 그런데 도핑 의혹이 제기되자, 15번은 YYG라는 스테로이드 사용을 선뜻 인정했다고 한다.

"사실 YYG는 작년까지만 해도 우리 대회에서 허용됐어요."

스태프가 매우 유감스럽다는 듯이 탄식했다.

"올해부터 금지였는데. 15번은 몰랐던 거겠죠. 사전 정보가 부족했나."

근육에 스테로이드라고 하면 무조건 안 좋게 보는 것이 보통인데, 그래도 보디빌딩과 스테로이드는 끊으려야 끊을 수 없는 관계다. BB대회는 엄격한 편이지만 사용을 묵인하는 단체도 국내외에 많다.

이것은 나중에 알게 된 사실인데, YYG는 비교적 많이 사용되는 근육증강제였다. 판매원은 미국 모 제조사지만 요즘은 개인적으로도 쉽게 구할 수 있다. 게다가 15번은 BB대회뿐 아니라 여러 피트니스 대회에 종횡무진 도전하는 타입이었다. 그렇다보니 BB대회 규정에 세심하게 신경쓰지 않았고, 동시에 이 대회에 유달리 집착하지도 않았다. 단박에 사용을 인정한 것에는 그런 까닭도 있었다.

"추가검사를 요구한 사람이 눈썰미가 좋네요."

나는 상황을 제대로 따라잡지 못한 채 평범한 감상을 말했다.

"아는 사람이 보면 다 알아요."

자기도 '아는 사람'일 게 틀림없는 스태프는 15번의 근육에서

'약간 수분기가 느껴진' 건 사실이라고 평했다. BB대회에서 가치를 두는 '내추럴' 내지 '클린'한 근육은 굳이 말하자면 '드라이한' 질감이라고.

나는 15번의 몸을 자세히 떠올려보려 했다. 그러나 기억나는 것은 무대에 섰을 때 느낀 기묘한 공기압뿐이고, 결국은 아무것도 떠오르지 않았다. 분명히 무대 뒤에서도 15번을 자세히 뜯어봤는데. 아니, 같은 무대에 섰는데. 심지어 나란히 옆에 있었는데도 15번의 근육이 어땠는지 전혀 생각나지 않았다. 굳이 스태프에게 그런 말을 하지는 않았지만. 나는 결국 포기하고 고개를 들었다.

그때 방문이 열렸다. 다른 스태프와 함께 15번 장본인이 들어왔다.

15번은 양성이었다.

신속검사 결과가 확인되어 각종 서류에 서명을 해야 하는 듯, 15번은 선 채로 테이블 한쪽에서 볼펜을 놀렸다. 따라나온 스태프가 서명된 서류를 가져가고 새로운 서류를 내밀거나 설명을 덧붙이거나 했다. 15번은 부루퉁한 기색이 없고, 오히려 협조적인 태도였다.

서류 작업은 삼 분 정도로 끝났다. 볼펜을 내려놓은 15번이

"수고스럽게 해서 죄송합니다" 하며 스태프들에게 깍듯이 고개를 숙였다. 어쩌면 인사한 상대에 나도 끼어 있었을지 모른다. 스태프는 "아니에요, 내년에 다시 도전해주세요"라고 대답했다. 15번은 이번에는 스태프를 대동하지 않고 혼자서 방을 나갔다.

이제 내 차례였다. 결승에 진출하는 선수들의 대기실을 알려주며 곧장 이동하라고 했다. 잘됐네요, 결승 진출이에요! 스태프가 내 어깨를 크게 흔들었다. 어쨌거나 옷을 갈아입기 전이라 천만다행이다.

"그런데 15번, 몸이 정말 좋던데요."

"그렇죠. YYG 없이도 이겼을 텐데. 하긴 다른 대회 때문에 썼을 수도 있고."

올라가게 되었다는 사실이 영 실감나지 않는 상태에서 짐을 가지러 원래 대기실로 돌아갔다. 스태프는 결과 발표 게시물을 수정하기 위해 빨간색 유성매직을 찾으러 갔다.

대기실에는 이미 아무도 없고, 내 짐만 덩그러니 놓여 있었다. 결승까지 남은 시간은 사십 분. 나는 부랴부랴 짐을 정리했다. 그러나 그 다급한 동작도 어딘가 산만해 보였을지 모른다.

내 머릿속에는 15번이 있었다. 15번의 균형 잡힌 전신이 있었다. 15번이 인간에게 주어진 근육을 꿰뚫고 있음을 일목요연하게 보여주는, 본보기와도 같은 몸이었다. 자연스럽게 내가 트레이닝에서 부족한 부분을 생각해보게 했다.

처음에는 스태프가 말한 '수분기'를 확인하기 위해 시선이 15번에게 향했다. 그런데 보는 순간, 뭐가 어쨌건 상관없다는 생각이 들었다. 듣고 보니 그런가 싶을 정도로는 수분기가 보였을지도 모른다. 그러나 15번의 몸은 그것을 능가하고도 남을 만큼 완성도가 높았다. 결승에 진출했다면 해당 체급 챔피언이 되었을지도 모른다.

파이널리스트가 되었다는 감격 대신, 내 마음속에는 뭐라 표현할 길 없는 위화감이 꿈틀거렸다. 15번과 대결한다면 내가 엄청난 차이로 완패할 게 뻔하다. 그런데 정작 결승에 진출하는 건 나다. 내 몸에 승리가 주어진 것이다. 그렇다, 작년이었으면 이런 역전극은 불가능했던 셈이다. 대체 어떻게 받아들여야 하나.

서둘러야 하는데도 나는 멍하니 손길을 멈춰버렸고, 정신 차려보니 오 분이나 눈앞의 허공을 물끄러미 바라보고 있었다.

이십 분 후, Y우치와 나는 펌핑을 마무리하고 있었다. Y우치는 내가 결승에 올라가게 된 경위에 대해서는 물론이고 "축하한다"라는 말 한마디조차 하지 않았다. 내가 그런 타입임을 이미 파악했으리라. 우리는 두 시간 전의 상황을 리플레이하듯이 담담하게 펌핑에 몰두했다.

처음에는 그럴 의도가 아니었다. 역시 뒤늦게 결승전에 올라가게 된 소동이 계기였을까. 그러나 일종의 필연처럼 느껴지기도 한다. 나는 늘 마음속 한구석으로 그런 생각을 하고 있었던 게 아닐까.

“U노, 표정이 너무 굳었어. 긴장하지 말고 평소처럼, 자기답게 해.”

Y우치가 픽업 심사 때보다 한층 강하게 내 어깨를 두드렸다. 어쩌면 직전에 그런 말을 들었기 때문일까. 하지만 그렇다고 하면 Y우치에게 실례가 되겠지.

여자들은 힘들겠어요.

하필 이런 때 그 말이 떠올랐다. 안쓰러워하던 동료의 얼굴이 되살아났다. 방금 내가 전치 삼 년의 큰 부상이라도 입었다는 듯이 “어이쿠” 하는 표정. 딴에는 친절하게 군 거겠지. 나는 비정하기 짝이 없다고 느꼈다.

사실은 그 특정한 발언만의 문제가 아니었다. 지금까지 인생에서 맞닥뜨린, 딱히 누가 잘못한 것이 아니기에 추궁할 대상이 불분명했던 위화감이 내 안에 줄곧 응어리져 있었다. 어떻게 처리해야 좋을지 몰랐으며, 결국 이렇다 할 방법이 없다는 것을 본능적으로 깨달았다.

그후 나에게 남겨진 것은 심플한, 그렇기 때문에 구체성이 결여된, 그러면서도 절실한 한 가지 소망이었다. 아아, 다른 생명체가 되고 싶다. 나는 그런 사춘기 같은 소망을 품고서 삼십대에 접어들었다. 복권에 당첨되길 바라는 것보다 약간 더 강한 정도였을지라도.

다른 생명체가 되고 싶다. 누구에게도 상처받지 않고, 누구에게도 동정받지 않는, 초연한 생명체가 되고 싶다. 그렇다, 그런 충동이 이 년 전 G헬스장의 문을 두드리게 하지 않았던가. 하지만 지금 와서 이런 생각을 한들 뭘 어쩌겠는가.

열두 명의 파이널리스트들이 무대 뒤에 정렬했다.

그럼 최종 심사를 시작하겠습니다.

다른 생명체가 되고 싶다.

이 상황에서도 나는 그런 생각을 하고 있다.

스태프가 신호하자 맨 앞에 선 선수가 움직이기 시작했다. 나는 발목을 휙휙 휘둘러 하이힐을 옆으로 벗어던진 후, 맨발로 그 뒤를 따라갔다. 걸어가면서 내친김에 귀걸이도 떼어버렸다. 뒤에 있던 선수가 순간 흠칫했다. 그러나 바로 정신을 차리고 다시 따라왔다. 놀라게 해서 죄송합니다.

마음속으로 O시마와 T이에게도 사과했다. 안 그래도 몸집이 작은 선수들 중에서도 머리 반쯤 낮은 위치에서, 나는 둥글게 펼쳐져 있는 시커먼 관객석을 올려다보았다. 무대 조명 특유의 뜨겁고 눈부신 빛을 진지한 얼굴로 받아냈다. 픽업 심사 때 느꼈던 다행감은 없고, 오히려 오감이 민감하게 깨어나 어떤 관객이 자세를 고쳐 앉는 소리까지 들렸다. 심사중인 포즈도 내가 원하던 대로 해냈다. 그것이 정답이었을까, 오답이었을까. 해답은 꽃잎이 아니라 바위처럼 단단히 움켜쥔 주먹 속에 있어서 쉽게 보이지 않는다.

"U노 씨."

돌아보니 E토가 서 있었다.

"결승 재미있었어?"

싸움을 마친 나는 행사장을 막 벗어난 참이었다. 폐회식 후에 뒤풀이가 예정되어 있지만, 나는 참가할 자격이 없다.

"붙잡진 않을게. 언제든 돌아오면 되니까."

이 지경까지 오니 E토가 성모마리아 같았다. 생각해보면 그때 찾아온 사람이 O시마가 아니라 천만다행이었다. 그랬다면 엉엉

울어버렸을지도 모른다.

그때는 내 감정만으로 터지기 일보 직전이라 못 알아챘는데, E토는 웬일로 가쁜 숨을 몰아쉬고 있었다. 나를 서둘러 쫓아왔던 것이다.

"혹시 착각할까봐, 조금 아니꼽겠지만 한마디할게. 난 U노 씨가 조금도 아쉬웠다고는 생각하지 않아. 좋은 무대였어."

고개를 돌린 E토가 그대로 아무것도 없는 메마른 가을 공기를 응시했다. 끝내 그 입으로 직접 말한 적은 없지만, E토에게도 분명 수많은 승리와 패배의 무대가 있었을 것이다. E토는 그때 그렇게 싸워온 끝에 보이기 시작한 경지를 응시하고 있었을지도 모른다. 그러나 내게는 한없이 투명하게만 비치는 광경이었다.

찾아온 사람이 O시마가 아니라 천만다행이었다고 바로 위에서 말했다. 하지만 그후에 제일 먼저 눈에 들어온 미용실에 들어가 냅다 머리를 자르고, 오랜만에 귓가가 시원해지는 감촉을 맛보면서, 나는 펑펑 울고 말았다.

미용실에서 나오자 바리캉으로 밀어낸 목덜미를 스치는 해질녘 공기가 서늘했다.

"뭐, 그런 선택도 현대적인 거겠지."

E토는 다시 행사장 방향으로 고개를 돌렸다.

하지만 꼭 그렇지만은 않을지도. N도 현역 시절에는 그런 타입이었거든. 그래서 내가 필요했던 거야. 이건 비밀이야.

N헬스장을 탈퇴한 나는 조용히 G헬스장으로 돌아왔다.

눈 깜짝할 새 한 달이 지나갔다.

G헬스장에서 S코를 보고서는 일방적으로 학교 동창을 만난 듯한 기분이 들었다. 그래서 오랜만에 S코의 인스타그램에 들어갔다가 살짝 놀랐다. 우선, S코는 얼마 전에 열린 PP대회에서 체급 그랑프리를 거머쥐었다. 염원하던 그랑프리 획득이다. 오오, 축하해. 그런데 놀랍게도 일주일 후 그 그랑프리를 반납했다.

스토커처럼 조사해보니 S코의 '꼼수'가 문제되었음을 알 수 있었다. S코는 PP대회의 심사 기준에서 높은 평가를 받기 위해 웨이트 트레이닝 외에도 여러 방법을 실천했다. 예를 들면 아름다운 피부를 획득하는 것. 문제된 것은 S코가 '화이트 스페셜'이라는 특수 레이저를 사용했기 때문이다. S코는 성형외과 병원에 근무했기에 보통은 1회에 20만 엔이나 하는 레이저를 몇 번이고 무료로 이용할 수 있는 입장이었다. 비슷한 방식으로 지방흡입과 지방냉각, 실 리프팅, 히알루론산, 보톡스 시술도 정기적으로 받았다.

그런 S코의 대회 준비를 '꼼수'라고 항의하는 목소리가 생각보다 높아서, 그랑프리 획득 후 S코의 인스타그램이 악플로 도배되는 사태가 벌어졌다. 그 결과 S코는 '주최자측과 협의해' 그랑프리 칭호를 반납하기에 이르렀다.

아아, 정말이지. 나는 정치와 돈 문제에 침묵으로 일관하는 장관처럼 떨떠름한 표정을 지었다. 정말이지 세상에는 규칙이 너무 많다. 똑같이 아름다운 피부를 획득하는 데도 '누구나 실천할 수 있는 알뜰한 스킨케어'는 용납되고, S코처럼 고가의 레이저는 용납되지 않는 것이다. BB대회든 PP대회든, 우리는 결국 같은 굴 속의 오소리라는 것을 다시 깨달았다. 우리는 이해가 잘 안 가는 심사 기준에 일희일비하고, 우왕좌왕하고, 종종 반기를 드는, 분주하기 그지없는 오소리들이다.

그날은 한 해의 마지막 영업일이었다. 세밑이라고 해서 내 일과가 달라질 건 없었다. N헬스장에서 훈련받은 나의 바벨 양쪽에 걸린 플레이트 중량은, 옆에 있는 탱크톱 군단의 것들과 큰 차이가 나지 않았다.

낑낑거리며 바벨 스쾃을 10회 수행한 후, 90킬로그램짜리 바벨을 내동댕이치듯 파워랙에 내려놓았다. 일정 이상의 중량을 탑재한 바벨에서 쿠궁, 하는 묵직한 쇳소리가 복작복작한 헬스장 한구석에 퍼져나갔다. 허리에 단단하게 감은 가죽벨트를 풀면서 내년에는 100킬로그램을 들겠다고 남몰래 결심했다.

다음 종목으로 뭘 할까 둘러보니, 운명처럼 스미스 머신이 비어 있었다. 서둘러 달려가서 무사히 차지했다. 트레이닝 벤치 위치를 조정한 후, 꼼꼼하게 어깨와 팔꿈치 준비운동을 했다. 벤치프레스를 할 생각이었다.

손바닥에 쇳내 나는 냉기가 전해졌다. 일단은 플레이트를 끼우지 않고 워밍업을 한다. 위팔에 뜨거운 피가 흐르며 급속도로 깨어나는 것을 느낀다.

샥, 샥, 소리를 내는 스미스 레일의 감촉은 고스란히 내 인생에 대한 감촉이기도 하고, 내가 살아 있다는 실감에 대한 신음소리이기도 했다. 문득 G헬스장의 스미스 레일은 관성의 영향이 큰 것이, N헬스장의 스미스와는 다르다는 사실을 알아차렸다. 바벨을 힘껏 들어올렸을 때 레일의 여력 때문에 바벨이 손에서 떨어지는 순간이 생기는 것이다. 마치 아기를 높이 들어올리며 놀아줄 때처럼, 둘도 없이 소중한 것이 한순간 손바닥에서 멀어지는 감각이다. 반면에 N헬스장의 스미스에서는 그런 여력으로 당황한 적이 없었다. 그 스미스의 바벨은 내 몸의 일부처럼 착 달라붙었다. 그것이 못내 그리웠다.

그러나 N헬스장의 스미스를 추억한 것도 기껏해야 삼 초 정도였다. 각자 다른 개성이 있다 해도, 이 트레이닝 머신은 내 앞에서 사라지지 않는다. 내가 원하는 한 스미스는 어김없이 내 앞에 있다.

한계 중량으로 한창 수행하던 중, 거울 속에 S코가 힐끗 보였다. 티나지 않게 이쪽을 엿보고 있다. 나는 그 눈빛의 의미를 알았다.

10회를 끝내고, 숨을 몰아쉬며 상체를 일으켰다. 잠깐 생각하다가 거울에 비친, 다른 머신을 고르고 있는 S코를 돌아보았다.

"저기, 이거 쓰실래요?"

S코가 깜짝 놀라 돌아보았다.

"아, 그래도 돼요?"

"방금 끝났거든요."

웃는 얼굴로 감사인사를 하는 S코는 의외로 태연해 보였다. 그랑프리를 반납, 아니, 실질적으로 박탈당한 일 따위는 신경도 쓰지 않는 눈치다. 물론 정말로 신경쓰지 않는 건지, 단지 겉으로만 이런 태도인지는 오직 신만이 아실 일이다. 나는 그 문제를 파고들 생각은 추호도 없었다. 어느 쪽이든 S코가 터프하다는 결론에는 변함이 없기 때문이다.

스미스를 S코에게 넘겨준 후 다음에는 뭘 할까 고민하며 잠깐 멈춰 섰다. S코와 나는 그때 처음으로 말을 텄는데, S코도 나도 그 사실을 알아채지 못했다.

그렇다, 그런 건 어쨌거나 상관없다. 우리 눈앞에는 단련해야 할 신체가 있다. 단련하기 위한 기구가 있다. 그리고 머릿속에는 스스로 정한 이상적인 몸이 있다. 다른 데 신경쓸 여유는 없는 것이다.

턱걸이로 종목을 정한 나는 물통의 물을 마시고, 턱걸이를 할 수 있는 파워랙으로 발길을 옮겼다.

어때, S코. 분명 너에게나 나에게나 무대란 스스로 연출하는 것이겠지.

지은이 **이시다 가호**
1991년 사이타마현에서 태어나 도쿄공업대학교 공학부를 졸업했다. 2020년 「그 둘레 58센티미터」로 38회 오사카여성문예상을 수상했다. 2021년 첫 장편소설 『나의 친구, 스미스』로 45회 스바루문학상 가작을 수상하고 166회 아쿠타가와상 후보에 올랐다. 2022년 소설집 『쩨쩨한 당신』을 발표했다.

옮긴이 **이영미**
아주대학교 국문과를 졸업하고, 일본 와세다대학 대학원 문학연구과 석사 과정을 수료했다. 2009년 요시다 슈이치의 『악인』과 『캐러멜팝콘』으로 일본국제교류기금이 주관하는 보라나비 저작·번역상의 첫 번역상을 수상했다. 옮긴 책으로 『약속된 장소에서』 『화차』 『솔로몬의 위증』 『결괴』 등이 있다.

문학동네 세계문학
나의 친구, 스미스

초판 인쇄 2023년 4월 7일 | 초판 발행 2023년 4월 21일

지은이 이시다 가호 | 옮긴이 이영미
기획 · 책임편집 양수현 | 편집 박신양 이희연
디자인 엄자영 유현아 | 저작권 박지영 형소진 오서영
마케팅 정민호 김도윤 한민아 이민경 안남영 김수현 왕지경 황승현 김혜원
브랜딩 함유지 함근아 박민재 김희숙 고보미 정승민
제작 강신은 김동욱 임현식 | 제작처 상지사

펴낸곳 (주)문학동네 | 펴낸이 김소영
출판등록 1993년 10월 22일 제2003-000045호
주소 10881 경기도 파주시 회동길 210
전자우편 editor@munhak.com | 대표전화 031) 955-8888 | 팩스 031) 955-8855
문의전화 031) 955-1927(마케팅) 031) 955-2684(편집)
문학동네카페 http://cafe.naver.com/mhdn
인스타그램 @munhakdongne | 트위터 @munhakdongne
북클럽문학동네 http://bookclubmunhak.com

ISBN 978-89-546-9220-5 03830

잘못된 책은 구입하신 서점에서 교환해드립니다.
기타 교환 문의 031-955-2661, 3580

www.munhak.com